LES VISAGES QUE L'ON AIME

SERGE I CATHY ... VE I JÉRÔME

신유진, Martin Mallet 엮음

1984BOOKS

Parce que, au fond, tant que je n'ai pas écrit sur quelque chose,

ça n'existe pas.

사실상 무엇인가에 대해 쓰지 않으면,

그것은 존재하지 않으니까요.

<진정한 장소> 중에서

아니 에르노

Prologue

모든 삶은 커다랗고 고유하다

평범한 사람들의 이야기를 전하고 싶었다. 평범한 질문을 던지고, 평범한 일상의 이야기가 오가고, 그것을 꾸밈없이 담은 이야기, 나는 우리들의 작업이 그런 것이 되리라 믿었다. 이야기를 꾸며낼 줄은 모르지만 이야기를 전달하는 일이라면 어렵지 않을 것이다. 배우로서, 연출가로서 내가 오랫동안 해온 일과 형식이 조금 다를 뿐 그 바탕은 같은 것이리라 믿었다.

그들을 만나 준비한 대로 평범한 질문들을 던졌다. 나는 그들을 잘 알고 있었으니 어떤 대답이 나올지도 조금은 예상하고 있었다. 만남의 순간에는 우리의 질문도 그들의 답도 모두 자연스럽다고 느꼈다. 아마 나는 익숙함을 평범한 것이라고 착각했던 모양이다.

인터뷰 내용을 녹음한 파일을 워드에 옮기면서 나의 생각이, 예상이 틀렸다는 사실을 깨달았다. 이어폰을 귀에 꽂으면 고막 가까이에 울리는 그들의 목소리는 낯설고 특별했다. 숨소리, 한숨의 깊이, 가볍거나 혹은 무거운 웃음소리, 이전까지 한 번도 듣지 못했던 그들의 '소리'가 들렸다. 술잔을 놓고 우스갯소리로 했던 이야기들이 비로소 커다란 '삶'이 되어 내게 다가왔다.

한 사람이 평생을 거쳐 이뤄내는 것이 삶이라면, 작고 평범한 삶은 없다. 모든 삶은 커다랗고 고유하다. 그러니 '평범함'을 이야기하고자 했던 우리의 계획이 어떻게 성공할 수 있겠는가? 누구 하나, 어느 이야기 하나 평범한 것은 없었다. 우리의 계획은 실패했지만, 나는 이 실패가 절망적이지 않다. 어쩌면 내 삶도 그들의 것처럼 고유한 소리를 가지고 있을지 모른다는 생각을 하며 실패의 단맛을 기쁘게 삼킨다.

누군가 내게 이 책에 대해 묻는다면 나는 결국 '환상적인 모험, 기쁨과 슬픔의 순간, 기대와 후회, 만남과 이별'을 담은 삶의 이야기라고, 뻔한 단어로 함축할 수밖에 없을 것이다. 그러나 그 안에 고유한 사람들의 고유한 이야기가 있다고 말한다면 나의 불친절한 설명이 조금 용서가 될까?

오랜 시간을 함께한 사람들 혹은 짧은 만남들, 시간과 애정의 정도와 거리에 상관없이 모두 그 존재만으로 우리를 감동시켰던 이들을 통해 우리는 타인의 시선을 엿보았고, 타인의 세상에 다녀왔다. 그렇다. 이 모든 만남은 내게 여행이었다. 이제 곧 프랑스를 떠나는 지금, 이 여행의 추억이 한국의 독자들에게 어떻게 비칠지 두려움과 설렘을 함께 안고 조심스레 이 책을 건넨다. 당신들에게도 여행이 될 수 있을까?

책을 만들기까지 내가 한 일은 만남의 장을 마련하고, 질문을 준비하고, 대화를 나누고, 이야기를 옮긴 것이 전부다. 각 인물에 대한 이야기를 써보지 않겠느냐고 신유진 작가가 제안했지만, 글은 역시 작가의 몫으로 남겨 두는 것이 좋을 것이라 판단했다. 한글을 잘 모르는 나로서는 그녀가 인물들에 대해 어떤 글을 썼는지 알 수 없지만, 인터뷰이들을 만났을 때 그녀가 지었던 표정과 불어와 한글을 섞어가며 적어 내려가던 메모들로 조금은 짐작할 수 있다. 군데군데 애정이 묻어 있지 않을까? 많이 좋아했던 사람들의 이야기를 옮기며, 어쩌면 이별의 서운함도 담지 않았을까?

이제 우리는 곧 한국으로 떠난다. 내게는 출발이고 그녀에게는 회귀인 여행이 시작된다. 기약 없는 헤어짐을 나눈 이들을 생각하면 내게 이 기회가 주어진 것이 참 다행인 듯 싶다. 책을 펼칠 때마다 그들의 얼굴을 머릿속에 다시 그릴

것이다. 어느새 이별의 서운함은 물러가고 그저 좋아했던 마음만 남게 되지 않을까?

벌써 그리운 이 얼굴들에게 감사의 인사를 전하고 싶다.

다시 만날 수 있기를, 더 많은 이야기들과 함께.

파리에서, Martin Mallet

잃어버린 이름을 다시 부르면

세르지의 정원에서 올해 첫 여름의 얼굴을 보았다. 라즈베리와 체리 열매를 손에 쥐자 달콤하고 새콤한 여름이 손바닥에 붉게 번졌다. 내가 사는 도시에는 아직 풋내기 여름이 문 앞을 기웃거리고 있었는데 벌써 이토록 성숙한 여름이라니……

밀짚모자를 쓰고 셔츠를 입고 우리를 맞이한 세르지의 손에는 토마스 베른하르트의 '연극하는 자'의 대본이 들려 있다. 그는 정원을 가꾸면서 매일 대사를 외우고 있다고 했다. 왼손에는 대본을, 오른손에는 삽을 쥔 세르지를 보는 M의 얼굴이 편치만은 않았다. 유명하지 않은 노배우를 주연으로 내세운 공연에 투자를 받는 일이 얼마나 힘든 일인지 그만큼 잘 아는 사람이 또 있을까? 함께 하자, 선뜻 약속할 수 없는 M의 입술이 달싹거렸다. 미안해하고 있을 것이라 짐작했다. 누군가의 희망을 책임질 수 없음이 그에게는 미안한 일이었을 것이다. 절망도 아니고 희망인데, 그것을 함께 지는 일이 그토록 어렵다니…… 나약한 우리의 어깨에는 어쩌면 결론이 빠른 절망보다 기약 없는 희망이 더 무거운 것인지도 모르겠다.

몇 년 전 M이 연출하는 연극 무대에서 세르지를 처음 만났다. 막 리허설을 마치고 내려온 세르지는 광대처럼 두 팔을 벌리고 무릎을 구부리며 자신을 소개했다.

"내 이름은 세르지야, 한때는 '세르지오'라 불렸지."

젊은 배우들이 킥킥대며 웃었다. 이태리 마초, 바르셀로나 항구의 선장 같다고 그를 놀리는 이들도 있었다. 사람들이 웃을수록 세르지는 더 우스꽝스러운 표정을 지었다. 과장된 제스처로 브르타뉴를, 지중해를, 아프리카를 불렀다. 아나키스트, 선원, 사막을 횡단한 모험가. 그의 화려했던 과거가 1인극 연극처럼 무대 아래에서 펼쳐졌다.

"적당히 좀 해."

어느 여배우가 신경질을 내며 고개를 절레절레 흔들었다. 공연을 앞두고 초조한 시간, 세르지의 과거는 성가신 방해꾼이 됐다. 세르지는 머쓱한 표정을 지으며 내게 말했다.

"내가 금발의 머리카락을 바람에 휘날리면, 바르셀로나의 애인이 손을 흔들며 나를 불렀다고. '올라, 세르지오' 어때, 멋지지?"

그는 긴장할수록 더 크게, 신나게 옛날이야기를 떠들었다. 마치 무대에 오르기 전에 누군가를 불러오는 주문을 외우듯이 '세르지오', 자신의 옛 이름을 불렀다.

무대 위에는 노배우 '세르지'와 불러 세운 청춘 '세르지오'가 끊임없이 줄다리기를 하고 있었다. 노배우 '세르지'는 뛰지 않았다. 언제, 어떻게 호흡을 해야 하는지 정확히 알고 계산대로 움직였다. 부산스러움이 없는 연기였다. 거친 호흡, 땀방울, 절규 같은 것 하나 없이 수백 번 무대에 오른 자만이 가질 수 있는 침착함. 그러나 나는 이 노련한 배우 '세르지'가 '세르지오'가 되는 순간을 기다렸다. 스포트라이트 조명이 켜지고, 다른 배우들이 커튼 뒤로 잠시 물러나고, 오직 그만이 무대를 장악한 시간. 그는 두 손을 모으고 가만히 서서 잠시 객석을 바라보다가 갑자기 무대를 가로지르며 뛰기 시작했다. 날카로운 신경이, 오래 다져진 근육이 주름을 뚫고 올라왔다. 그가 서 있는 곳으로부터 그가 달려가는 곳까지 무대는 무한대로 확장됐다. 나는 객석에 앉아 세르지가 '세르지오'가 되는 순간을 숨죽여 지켜봤다.

지중해 파도를, 사막의 모래바람을 안은 그 남자의 몸짓은 자유로웠다. 연기가 연기를 넘어선 순간, 연기가 무대를 탈출한 순간, 나는 회색 머리의 세르지오를 향해 몇 번이고 기립박수를 보냈다. 세르지오와의 만남, 그것은 내게 온전한 기쁨이었다.

세르지오, 천진한 웃음을 짓고 있는 나의 친구! 얼마 전 66세 생일을 맞이했던 그가 이제 무대를 내려와 삽을 들고 섰다. 여전히 대본을 손에 쥐고, 잡초를 뽑고, 흙을 다지면서. 관객도 조명도 없는 그곳에서 그는 대사를 읊는다. 틀리지 않게 한 글자 한 글자 신중히, 마치 숙제 검사를 받는 사람처럼. M의 눈치를 살핀다. 연출가의 표정을 읽으려 드는 습관을 버리지 못한 모양이다. 자꾸만 눈길이 가는 것은 그의 완벽한 딕션과 호흡이 아니라, 삽과 대본을 든 양팔의 기울기다. 아무래도 반듯하지가 않다. 역시 삽이 더 무거웠을까, 한쪽으로 자꾸 기울어진다. 나의 시선을 그가 알아챘다. 배우들은 자신을 향한 시선을 귀신처럼 안다. 그가 말했다.

"늙어서 그래. 늙으니까 몸이 자꾸 기울어. 이미 늙었는데 대책 없이 자꾸 더 늙어간다."

이미 늙은 것도, 대책 없이 자꾸 더 늙어가는 것도 우스갯소리처럼 말하는 내 앞의 그가 세르지인지 세르지오인지 헷갈렸다.

"이봐! 세르지오, 바르셀로나 항구에서 금발 머리를 휘날리던 세르지오는 어디 간 거야?"

M의 말에 그가 고개를 저었다. 다 지나간 옛날이야기라고, 이제는 아무도 자신을 '세르지오'라 불러주지 않는다고.

'세르지, 퇴직한 배우, 그러나 여전히 배우'

자신의 이름을 제대로 부르는 세르지오가 내게 너무 낯설다. 그리고 이어지는 '제기랄'. 그래, 이건 세르지, 아니 세르지오다운 모습이지, 반가움에 무릎을 쳤다. 그러나 농담처럼 붙은 제기랄이 마음에 걸린다. 콧대 높은 여배우를 흉볼 때, 아내에게 혼났을 때, 술을 마시고 싶은데 술이 없을 때 세르지오가 습관처럼 말하는 '제기랄'이라는 말이 그의 진짜 이름에, 배우라는 직업에 붙은 것이 '제기랄'이다. 노인네, 말 좀 곱게 하면 어디가 덧나나…… 그러나 어쩔 수 없다. 농담도 욕도 아닌 애매한 '제기랄' 사이에 숨은 마음이 무엇인지 내가 어찌 알겠는가. 알 수 없는 마음 앞에서는 웃음이 무기다. 속없이 웃는다. 그러니까 그 말이 무슨 뜻인지, 그놈의 '제기랄' 사이에 웃는 것도 뭣도 아닌 그 얼굴에 숨은 마음이 무엇인지 날카롭게 묻는 대신에 M도 나도 그저 웃기만 했다. 우리는 좋은 인터뷰어가 되기는 틀린 모양이라고 자조하면서…… 제기랄.

묻기로 했으나 묻지 못한 말들이 많았다. 준비한 질문대로 따라올 리가 있나…… 그의 이야기는 붙잡아 세워놓으면 애먼 곳으로 달아나는 망아지처럼 '제기랄'을 외치며 뛰어다녔다. 세르지가 '세르지오'가 되는 순간이었다. 그는 아니라고, 이제 모두 옛날이야기라고 말했지만, 세르지오는 브르타뉴의 크레프와 지중해 냄새와 함께, 아프리카 사막의 모래 바다와 함께 몇 번이고 달려와 우리에게 인생을 말했다.

그러니까 인생은 한 마디로 '제기랄'이라고.

마음에 들지 않는 것, 자꾸 잊어버리는 것, 또 잃어버리는 것 사이에서 '제기랄' 농담 같은 욕 한 번에 마음을 풀고, 또 한 번 그럭저럭 넘어가는 것이라고.

짧지만 분명한 순간이었다. 제기랄, 함부로 던진 그 말에 반짝이는 어떤 것이 있었다. 자유를 아는 이가 가진 흘려보낼 수 있는 용기 같은 것.

세르지오,

그가 잊었다는 그의 이름을 다시 불렀다.

그는 쑥스럽게 웃었다.

'세르지오'라고 불렸던 시절에는 지금보다 눈빛이 더 빛나는 아나키스트였다고, 바르셀로나의 애인이 '올라, 세르지오' 인사하면 그는 갑판에서 지중해 바람에 금발의 긴 머리카락을 휘날리며 손을 흔들어 주었다고, 사막의 모래바람이 시야를 뿌옇게 가려도 아무것도 두렵지 않았다고, 그는'세르지오'였던 시절을 자랑이 아닌 듯 자랑처럼 말했다. 여름의 햇살이 그의 휑한 이마를 동그랗게 비췄다. 고양이 한 마리가 그의 발밑에서 게으른 기지개를 켰고, 나의 세르지오는 긴 수다에 조금 지친 듯 팔을 늘어뜨렸다.

세르지오, 그 이름이 어쩌면 너에게 그렇게 잘 어울리는지……

그는 뜬금없는 나의 칭찬에 얼굴을 붉히며 웃었다.

웃음이 무기다. 초보 인터뷰어에게도, 기억나지 않는 게 많은 인터뷰이에게도.

인터뷰를 진행하는 내내, 나 같은 사람의 이야기를 왜 담으려고 하느냐는 그에게 재미있으니까, 라고 답한 것이 전부였지만, 나는 준비한 질문들을 적은 작은 노트에, 내게 그의 이름, 세르지오는 삶이 냇물이었던, 불어난 강물이었던, 요동치는 바다였던 시절에 그곳에 뛰어들었던, 헤엄쳤던, 그리하여 그곳을 건너온 사람의 이름이라고 적어 내려갔다.

세르지오, 제기랄, 다 잊은 이름인데……

세르지는 세르지오를 불렀다.

지중해 바다는 멀지만, 바르셀로나 애인은 떠나갔지만, 금발의 머리카락은 회색의 초라한 깃털이 됐지만,

세르지오,

부르면 우리에게 다시 와 줄지도 모른다고, 그 푸르렀던 자가 잠시 우리 곁에 다녀갈지도 모르겠다고.

우리는 한낮의 와인에 취해 기약 없는 무거운 희망을, 책임도 지지 못하는 희망을 대책 없이 품는 것을 미안해하며, 그럼에도 이 여름은, 라즈베리와 체리가 검붉게 익어가는 이 여름은 축복이라고, 여름을, 잊혀진 이름을 마음껏 불렀다.

그리고 어느새 바닥이 난 술병을 향해 '제기랄',

술도, 지나간 청춘도, 연극도, 곧 헤어질 우리의 이별도 모두 '제기랄',

제기랄, 속없이 허허 웃으며 또 무언가를 흘려보냈다.

Serge

세르지와의 만남

– 인터뷰를 시작하기 전에 간단한 자기소개를 부탁할게.

– 시작부터 좋은걸! 무슨 뜻이야? 지금의 나를 이야기하면 되는 건가? 그래. 좋아. 세르지 튀르팡입니다. 배우였고 지금은 퇴직했지만 그래도 배우는 배우죠. 제기랄…… 결혼을 했고, 아내 이름은 안느, 끌레르몽페랑에서 멀지 않은 '샤드라'라고 하는 작은 마을에서 살고 있습니다. 66살이 됐고, 무슨 말을 더 해야 하지? 이것이 현재 나의 전부요!

– 좋아. 아침은 먹었어?

– 질문 한번 더럽게 어렵네. 치아에 염증이 생겨서 먹는게 힘들어. 3일째 항생제를 먹고 있는데, 게다가 어제 공연을 보러 갔다가 늦게 들어오는 바람에 아침에 늦잠을 자기

도 했고, 그러니까 아침까지 술이 덜 깼다는 뜻이지. 커피와 브리오슈 두 조각을 먹은 게 다야.

– 술을 먹었다고 하니까 갑자기 생각났는데, 프랑스에서는 뭐로 해장해? 프랑스에 왔을 때 나도 그게 궁금했거든. 친구들이 술 먹고 다음 날에 버터 바른 빵을 먹는 것을 본 건 정말 충격이었다고.

– 나는 아침에 짠 음식 먹는 걸 싫어해. 그렇지만 노르망디에서는, 이건 의학적으로 근거가 있어서 하는 말은 아니고 옛날부터 떠도는 말인데, 굴을 먹으면 속이 풀린다고 하더군. 그래, 그 생굴. 미끈미끈한 것. 그래서 한 번은 클럽에 갔다가 완전히 취해서 위스트르앙[1]에 갔어. 거기 굴 양식장이 있거든. 아침 6시에 화이트 와인과 함께 굴을 먹었지. 그렇게 먹으면 해장이 된다고 하던데, 사실 나는 별로 효과가 없더라고. 그래도 재미있기는 했어.

– 아침 식사 이야기를 계속해 볼까? 믿기지 않겠지만 내가 어릴 적에는 아침부터 생선이나 고기, 국과 밥과 반찬을 먹는 것이 하나도 이상할 게 없었거든. 우리 엄마는 새벽

1 노르망디에 속해 있는 도시, 캉아라메르 운하 입구에 있는 작은 항구도시다.

다섯 시에 일어나서 밥을 짓고 생선을 구웠다고. 그래서 어린 시절의 아침을 떠올리면 그 분주한 풍경들이 남아 있어. 밥 냄새와 생선 굽는 냄새 같은 거. 세르지, 당신은 어땠어? 어린 시절의 아침을 그려 보자면 어떤 장면들이 떠올라?

– 너무 오래된 일이라서…… 부모님 집에서 있었던 일들이 잘 기억이 나지 않아. 아마 빵이랑 버터, 그런 걸 먹었을 테지. 그리고 기숙사에서는, 오랫동안 플로에멜 형제 수도원의 기숙사에서 살았거든, 그것도 기억이 나지 않네. 음…… 조금 슬프다. 아! 그 수도원에는 클로드 프랑수아[2]의 선생님이 계셨어. 핫초코와 버터를 바른 빵, 그런 것들을 먹었을 거야. 잘 생각이 나지 않아. 하필이면 기억력이 좋지 않은 인간을 골라서 이런 질문을 던지다니! 내 정신과 의사도 자꾸 나한테 기억을 역류시켜야 한다고 말하더군. 그래서 내가 그 의사한테 뭐라고 했는지 알아?

'뭐라고요? 역류해야 한다고요? 세면대처럼?'

이렇게 말했지. 그 의사는 웃지도 않더군. 유머가 없는 사람이야. 다행이지, 너희들처럼 웃기만 했으면 상담이 힘들었을 테니까.

2 프랑스 로큰롤 가수

– 너무 그러지 마. 우리가 정신과 의사는 아니잖아. 이건 그냥 시간 여행 같은 거야. 당신이 우리를 태우고 가는 거지. 부모님은 어떤 분이셨어? 너무 추상적인가? 그렇다면 질문을 바꿔 볼게. 지금 당장 부모님을 생각하면 어떤 모습이 떠오르는지 이야기해줄 수 있어?

– 우리 부모님은 일을 많이 하셨어. 두 분이 교대로 일을 하셨지. 한쪽이 밤에 일하면 다른 한쪽은 낮에 일하는 식으로. 그러다 보니까 계속 너무 지치셨던 것 같아. 그래서 날 기숙사에 보냈던 거고. 아, 이건 뭐 진짜 정신과 상담을 받는 기분이잖아! 질문이 뭐였지? 그래, 부모님의 모습. 음…… 아버지는 정원에 있는 모습이 가장 많이 생각나. 정원일에 대해서 내게 가르쳐 준 것은 아무것도 없었지만…… 어머니는 이상하게 구두를 신으시던 모습이 떠오르네. 몸을 숙이시고 부은 발을 구두 속에 넣을 때 살짝 찡그리시던 얼굴.

– 고향은? 고향에 대해서도 이야기해줘. 노르망디였나? 브르타뉴였던가? 당신을 생각하면 늘 바다가 떠올랐거든. 노르망디에도 바다가 있고 브르타뉴에도 바다가 있어서 어디였는지 헷갈리네.

– 나는 브르타뉴의 렌느에서 자랐어. 거기서 공부를 했고 노르망디에서 일을 했지. 이제 오베르뉴에서 퇴직자의 삶을 살고 있고. 어릴 적 일요일이 되면 시내에 나갔어. 세송세비니에라는 마을이었는데 남자들이 노를 저으며 배를 타고 나가면 여자들이 손을 흔들던 곳이었지. 초원에 소풍을 나가기도 했어. 데이지꽃이 만발한 초원이 많았거든. 7, 8살 때 즈음이었을 거야. 일요일에 생말로에 갔다가 돌아오는 길이었는데 차가 엄청 막혔어. 아버지 차는 지붕이 빨간색이고 옆구리가 하얀색이었던 심카아롱드였는데, 나도 참 그런 걸 기억하고 있다니! 우리는 베슈렐에서 차를 세웠지. 그리고 소시지가 들어간 크레프를 먹었어. 그게 브르타뉴의 대표적인 음식이야. 요즘에는 아는 사람들이 없지만. 생말로와 렌느 중간에 큰 식당이 하나 있었는데, 생말로 해변에서 주말을 보낸 사람들은 모두 그곳에 들러서 소시지가 들어간 크레프를 먹었어. 메밀로 반죽을 한 커다란 크레프에 소시지를 넣고 말아서 먹는 건데, 살짝 데워서 먹으면 정말 맛있어!

– 지금도 그 음식을 즐겨 먹어?

– 아니, 지금은 그냥 보통 크레프를 먹지. 달걀과 햄과

치즈가 들어간 거. 소시지 크레프는 말하자면 나에게는 프루스트의 마들렌이야. 다시 돌아올 수 없는 것. 그 맛은 어디에서도 다시 되찾을 수 없어.

– 헨느를 떠난 건 언제야?

– 1981년, 27살이었어. 공부를 마쳤고 더 이상 거기서 할 게 없었거든. 그래서 떠났지.

– 고향과 부모님을 떠났을 때 기분은 어땠어?

– 나는 이른 나이에 기숙사에 보내졌어. 11살이었나, 아니 9살이었나, 헷갈리네. 어쨌든 약 14년 동안 기숙사에서 지냈을 거야. 그래서 부모님과 사이가 멀어졌지. 아마 그때 나는 너무 이른 나이에 기숙사에 보내진 것에 대해서 부모님을 원망하고 있었던 것 같아. 그래서 멀어졌고. 고등학생이 돼서 다시 집으로 돌아왔을 때는 이미 룸메이트 같은 관계가 되어 버렸어. 그리고 대학에 갔지. 나는 아주 엄격한 교육을 받으며 자랐어. 아버지는 드골파셨고, 어머니는 그런 아버지를 따르셨어. 그런데 대학에서 «누벨옵세르바퇴르[3]»로 좌파의 세계를 만난 거야. 혁명이었지. 그건 정말 엄

3 프랑스 주간지

청났어. 고향과 부모를 떠난다는 것보다 새로운 세상에 설레었던 것 같아. 그 나이에는 과거를 모두 부정의 대상으로 생각하잖아.

– 좌파의 어떤 점에 매료된 거야?

– 저항! 저항의 감정이지! 너무 좋잖아! 계속 파업이 이어졌어. 파업 피켓이 사방에 널려 있었고, 여자들도 함께 나와서 파업을 했다고! 엄청났지. 생각해 봐, 우리 어머니는 중요한 일이 있을 때마다 아버지의 뒤에 숨어 계셨는데, 대학에 가니 여자들이 붉은 글씨로 '파업'이라고 적힌 피켓을 들고 거리로 뛰쳐나오는 거야. 얼마나 멋져! 아마도 나의 이런 저항에 대한 감정은 부당함과 연결되어 있었던 것 같아. 좌파의 사람들을 만났고, 그 세계에 대해 알게 됐지. 그들 덕분에 마르크스, 프로이트의 책을 읽게 됐어. 게다가 좌파인 여학생을 사랑하게 됐거든. 그 여학생의 부모님이 프랑스 철도청 노조에 계시기도 했고.

이과에 들어갔지만 인문학부를 알게 되면서 모든 것이 달라졌어. 시험이나 계획, 성공 같은 것들을 완전히 놓아버렸으니까. 너무 좋았어. 1977년에는 이제르에 원자력 발전소 설립을 반대하는 시위에 참여했어. 매주 시위가 있었으니까 학교에 가기 힘들었지. 나는 환경을 위해 싸웠고, 그건 내가 했던 공부와도 연관이 있었어. 생물학과에서 환경학을 공부했거든. 그것 말고도 술집, 여자들과 데이트하기, 뭐 그런 것들도 알게 됐지. 난 정말 태평한 사람이었던 것 같아. 친구들끼리 서로를 '무정부윤리주의자들'이라고 불렀어. 우리는 무리의 끄트머리에 있는 사람들이었고, 거기서 세상을 향해 소리친 거지. 제기랄, 지금 생각하면 그냥 순진했던 거야.

– 입대를 하지 않았던 것도 무정부윤리주의와 관련이 있었던 거야?

– 아니야. 그건 아니야! 그저 그런 일에 관심이 없었을 뿐이었다고. 남자애들 두 명과 한집에 살던 시절이었는데 오후에는 운동권 학생으로서 전단지를 돌렸고, 다 돌리지 못한 것들은 밤에 땔감으로 썼지. 그렇게 지내고 있었는데 갑자기 영장이 날아왔어. 이해가 되지 않았지. 그래, 그때 나는 공안과에 찍혔던 거야. 원자력발전소를 반대하는 시위를 하고 다녔고, 반군국주의자였으니까. 푸제르에서 있었던 신발 공장의 노동자들을 위한 시위에도 참여했었고. 어쨌든 그런 장소에는 꼭 내가 있었으니까 공안과에 찍히

는 게 당연하지. 나도 그걸 모르지는 않았어. 경찰이었던 아버지의 친구분이 내게 말씀해 주셨거든. '넌 끝났어!'라고. 영장에는 이렇게 적혀 있었어.

'전투부대/낙하산 부대 대원'

낙하산 부대는 제일 힘든 곳이야. 내 친구 중에 모택동주의자가 있었는데, 걔는 낙하산 부대 대원이 되려고 별짓을 다 했는데도 모택동주의자라고 거절을 당했어. 군대에서 그런 혁명가들은 원하지 않았던 거지. 그런데 나한테 그런 영장이 날아왔으니, 이게 말이 돼? 어쨌든 군인이 되는 게 문제가 아니었어. 솔직히 말해 내가 견딜 수 없었던 것은 다시 한번 기숙사 같은 곳에서 살아야 한다는 것이었지. 나는 단체실에서 자고 싶지 않았고, 단체로 아침을 먹고 싶지도 않았다고. 그건 있을 수 없는 일이었지. 권위적인 것이 정말 싫었어. 게다가 나는 반군국주의자였단 말이야. 국경 없는 세계, 평등한 세계, 전쟁 없는 세계를 외치는 사람이었는데, 전투부대라니! 모두가 그렇듯이 나 역시 스무살에는 공정한 세상을 원했어. 그래서 가지 않은 거야. 전투부대 대신에 해외협력단 지원을 했고 국방부에서 받아들여 줬지. 단, 사막으로 가는 조건으로. 2년 동안 사막이라니! 지금 나에게 사막에서 2년을 살라고 말하면 군소리 없이 떠났을 거야. 그렇지만 그때는 아니었지. 사막에서 살고 싶지 않았다고! 말도 안 되는 소리였지! 그래서 다시 양심적 병영 거부자 신청을 했어. 이번에는 스트라스부르 근처에 있는 산림청에 보내더군. 나는 또 싫다고 했지. 그리고 가지 않았어. 사실 어떤 신념을 위한 투쟁이 아니라, 그저 생각 없이, 속없이 저지른 일들에 불과했어. 그 모든 것들은 내 세상 밖에 있는 것들이었고, 의무적으로 떠나야 한다는 게 납득이 되지 않았고, 납득이 되지 않은 일들은 당연히 하지 않는 게 맞다고 생각했던 거지. 그 시절에는 그게 가능했던 것 같아. 아니, 그 시절에는 그게 가능하다고 믿었던 거야. 그러다가 어느 날 내가 수배됐다는 사실을 알게 됐지. 징병 기피로 수배됐다는 것을 부모님을 통해 듣게 됐어.

– 지금은 그때 그 일들을 후회하고 있어?

– 아니! 전혀. 그런 일이 있었다고 해서 내 인생이 바뀐 것은 아니니까. 수배됐다는 사실만 빼면. 단지 취직을 하려고 할 때, 조금 문제가 됐을 뿐이야. 경찰들이 나에 대한 정보를 갖고 있었으니까. 부모님은 경찰들이 내가 어디 있냐고 물으면 대답을 하지 않으셨어. 경찰들이 오면 «어디 있

는지 모른다고요!» 소리를 지르셨지. 우파인 우리 부모님이 경찰에게 거짓말을 하다니! 지금도 믿기지 않아. 사실 나는 부모님 댁에서 500m 근처에 살고 있었거든. 병역 기피가 내 인생에 큰 문제가 됐던 적은 없었어. 물론 내 삶을 뒤흔들어 놓기는 했지만 그건 문제라고 할 수 없었지. 사실 그 일이 내 삶을 뒤흔들어 놓았다는 것을 깨달은 것도 아내, 안느가 말해 줘서 알게 된 거야. 아내는 내가 식물학 분야에서 일하지 못하게 되면서 완전히 다른 삶을 살게 됐을 거라고 말하더군. 그렇지만 방향이 달라졌다고 내 삶이 망가진 것은 아니잖아. 그냥 다른 세상을 열어 준 거라고 생각해. 나는 다른 길을 선택했고, 내가 어떤 길을 선택했든 간에 나는 나의 길이 아름다웠을 거라고 믿으니까.

– 내가 당신이었다면 두려웠을 것 같아. 수배라니……
솔직히 무섭지 않았어?

– 전혀. 무서울 뻔한 순간에 미테랑이 대통령에 당선이 되면서 사면을 받았거든. 운도 좋지! 재판을 받을 뻔했는데 사면을 받았어.

– 그러면 사면을 받기 전까지는 늘 숨어서 지냈던 거야?

– 아니야. 난 평범하게 살았어. 나한테는 그런 일 자체가 없던 일이나 다름없었다고. 수배가 내려졌다고 하지만 경찰들이 불철주야로 나를 쫓는 것도 아니었고, 그냥 어쩌다가 한 번씩 우리 집에 들러 나의 행방을 묻는 게 전부였거든. 사실 별로 관심도 없었던 것 같아. 그때 헨느에는 나 같은 사람들이 수천 명이었으니까. 우리 같은 브르타뉴 독립 운동가들, 원자력 발전소 반대자들이 2,000명도 넘었을걸. 어떤 사람들은 적극적으로 투쟁했고, 어떤 사람들은 적당히 반대했고, 어쨌든 모두 복종을 원치 않았던 거야.

– 평범하게 살았다는 건 무슨 뜻이야? 수배 중에는 학교로 돌아갈 수는 없었을 텐데……

– 보통 사람처럼 지냈다는 뜻이야. 학교는 그만뒀지만 취직에는 성공했어. 공부는 수배 때문에는 아니고 뭘 해야 할지 몰라서 그만뒀어. 그렇지만 학교를 그만둔 것은 시간이 지나고 나니 후회가 되더라. 몇 안 되는 인생의 후회 중 하나야. 그래도 어쨌든 그때는 일을 해야 했고, 친구가 일자리를 소개해줘서 바로 취직을 했지.

늘 뭔가를 손으로 뚝딱뚝딱 만드는 사람들을 보면 대단하다고 생각했어. 나는 정말 그런 일에 소질이 없거든. 손에 기름칠을 한다는 것만으로도 견딜 수 없었으니까. 그런데 친구가 배를 만드는 곳을 소개해 준 거야. 여하튼 친구 덕분에 그곳에서 일하게 됐지. 철근 콘크리트로 배를 만들던 시대였어. 틀에 콘크리트를 부어서 만드는 방식인데, 그때 아르키메데스의 원리에 대해서 알게 됐지. 콘크리트도 물에 뜬다는 것을! 정말 대단하지 않아? 콘크리트가 물에 뜨다니! 물에 뜰 정도만큼의 부피만 되면 물에 뜰 수 있다고! 그때 즈음에 나는 경찰에 쫓기고 있었는데, 부모님이 경찰이 왔다 갈 때마다 연락을 주시고는 하셨지. 계속 그런 식으로 지낼 수는 없다고 생각하던 차에 어느 날 배 주인이 이렇게 말하더군. "내 배는 이제 준비가 됐어. 나는 곧 지중해로 떠날 거야. 너 배에서 요리할 생각 없어?" 내가 요리사 자격증을 가지고 있었거든. 노숙자들에게 제공하는 무료 식사 봉사활동을 하면서 딴 거야. 일은 간단했어. 발레아르 군도에서 10일 동안 일을 하고 그리스에서 10일 동안 일하고, 남은 시간은 여행을 하는 거지. 그때 마침 여자친구한테도 차여서 정말 남아 있을 이유가 하나도 없더라고. 정말 지겨웠어. 20년 동안 같은 도시에서 살면 모든 게 엮여서 어느 순간 좋아하는 사람이 누군지, 싫어하는 사람이 누군지, 모든 것이 헷갈리게 되지. 그래서 잘됐다고 생각했어. 떠나기로 결심했지. 그리고 떠났어. 선장(조타수), 그의 아내, 그의 두 아이들 그리고 나, 이렇게. 우리는 라코루냐까지 갔어. 가스코뉴만을 항해했는데 거기서 선장의 아내와 아이들은 헨느로 돌아갔어. 그리고 선장과 나는 알리칸테로 다시 떠났지. 2, 3개월 걸렸던 것 같아. 그러다가 선장은 프랑스로 돌아갔고, 나는 스페인에서 배를 지키고 있었어. 그때가 내 인생에서 제일 멋진 순간이었을 거야. 배가 12m야. 그 배를 항구에 대면 바로 옆에는 술집들이 있고, 거리를 지나다니던 아가씨들이 내게 손짓을 하며 «올라! 세르지오! 배가 너무 멋있어요!»라고 말했지. 배에서 나와 스페인 사람들을 구경하며 아침을 먹고는 했어. 너무 행복했어. 아침부터 타파스를 먹고, 알리칸테로의 밤에는 디카페인 커피 프라페가 있었지. 스페인어로 꿈을 꾸기도 했어. 외국어로 꿈을 꿔야 외국어가 진짜 머릿속에 들어오는 거라고 하던데, 아닌가? 아무튼 삼 개월을 혼자 보내고 나니 선장이 돌아왔어. 우리는 바르셀로나에 갔고, 거기서 조금 머물다가 그리스로 갔지. 그리스에 대한 기억은 별로 없어. 지중해가 너무 아름다웠다는 것밖에는. 배 아래로 수심이 5,000m였는데, 거기에서 잠수를 했어. 선장이 50~60m인 밧줄을 던지면 내가 그것을 붙잡고 가는 거지. 나중에 알았는데, 거기에는 백상아리가 많이 산대. 수면에서 움직이는 것들을 아주 좋아한다고 하더라고. 그러니까 절대로 그런 짓을 하면 안 돼. 그때는 몰랐어. 모르는 게 많아서 행복했던 거야. 나는 밧줄을 붙잡았고, 배가 나를 끌어줬어. 상어는 한 번도 본 적이 없지만 돌고래는 봤어. 그리스는 항해가 힘들어. 바람이 사납거든. 그렇지만 조타수가 아주 훌륭했어. 이름이 장이브였는데, 성질이 장난이 아니었지. 그가 총을 들고 있는 것도 봤다고! 코르시카에서 있었던 일인데, 무슨 일이었는지 자세한 사정은 모르지만, 조타석에 있는데 갑판에서 시끄러운 소리가 들리더라고. 그래서 위로 올라가 봤지. 장이브가 어떤 코르시카인을 향해 총을 겨누고 있는 거야. 코르시카인도 마찬가지로 장이브를 향해 총을 겨누며 소리를 지르고 있었고. 다행히 아무도 방아쇠를 당기지 않고 잘 마무리가 되긴 했어. 그래도 그 일을 생각하면 아직도 심장이 떨린다고. 장이브는 뭐랄까, 조금 거친 사람이었어. 항구에 도착해서 배를 댈 자리가 없으면 자기 배로 다른 배들을 밀어 버렸지. 그리고는 이렇게 말했어. «이거 봐. 자리가 있잖아!» 진짜 그랬지. 반과 라코루냐를 항해했을 때가 생각나네. 날씨가 정말 끔찍했어. 완전히 안개 속이었지. 장이브는 그 상황 속에서도 거침없이 육분의[4]로 항해했어. 그때는 내비게이션이 없었으니까. 그는 정말 좋은 조타수였어. 배에 문제가 생기면 고칠 줄도 알았고, 그래서 한 번도 무섭지 않았던 것 같아.

일 년 동안 스페인 여자한테 스페인어를 배웠지. 너무 좋았는데, 지금은 하나도 생각이 나지 않아. 배에서 내리면 윈드서핑을 하고 잠수를 했어. 30m 아래로 내려간 적도 있었다고! 그건 바다와 내가 완전히 하나가 되는 느낌이었는데, 내 피부가 파랗게 풀어지는 듯했다고 해야 하나? 그렇게 잘 지내다가 어느 날 장이브와 크게 다투고 말았지. 이유는 기억이 안 나. 죽일 듯이 싸웠던 것밖에. 결국 다른 배를 타고 혼자 돌아왔어.

– 그 이후로도 계속 여행을 했어?

– 그때 나는 비트족이었어. 긴 금발 머리를 휘날리며 자유롭기를 원했지. 말했듯이 뭔가를 뚝딱뚝딱 만들 줄 아는 사람들을 좋아했고. 27세에서 30세 사이였을 거야. 배를 타기 전부터 차를 수리하는 사람들을 보면 정말 존경했는데, 우연히 자동차 정비공들을 알게 된 거야. 아마 장이브가 소개해 줬던 것 같은데, 왜 이렇게 기억이 가물가물하지? 여

4 점 사이의 각도를 정밀하게 재는 광학 기계. 태양, 달, 별 따위를 수평선 상의 각도를 재어 관측 지점의 위도·경도를 간단하게 구하는 데에 쓴다.

하튼 어느 날 그들 중 한 명이 내게 아프리카에 차를 팔러 갈 건데 같이 떠날 생각이 있느냐고 묻더라고. 물론 좋다고 했지. 그러니까 프랑스에서 푸조 같은 자동차를 싼값에 사서 아프리카에 5배, 10배를 올려서 팔 계획이었던 거야. 그 때는 그게 불법이 아니었거든. 물론 여러 가지 복잡한 문제가 많이 있기는 하지만, 그 일 자체는 불법이 아니었다고. 관세를 내는 일이 복잡했을 거야. 사실 나도 잘 몰라. 그냥 무조건 따라간 거지…… 어쨌든 헨느에서 차 6대, 7대를 가지고 출발했어. 지브롤터를 지나서 에스파냐의 고립 영토인 세우타에 도착했는데 거기는 모든 게 면세야. 그래서 위스키를 샀지. 차를 파는 사람들은 꼭 위스키를 샀던 것 같아. 위스키를 싼값에 사서 알코올이 금지인 마그레브에 팔려고 했던 거야. 술이 금지이니까 당연히 비싸게 팔 수 있겠다고 생각한 거지. 우리는 알제리를 건넜어. 타만라세트[5]에 도착했는데, 거기가 사막에 들어가기 전, 마지막 도시야. 우리는 차 안에 가득 실려 있던 위스키를 팔기로 했어. 그때도 이전과 마찬가지로 아무 생각이 없었어. 그것이 금지였다는 것은 알고 있었지만, 우리와는 상관이 없는 일이었다고! 규정과 법은 너무 먼 이야기였고…… 그곳에 도착

5 알제리 남부, 사하라 사막 남부

해서 찻집에 갔어. 위스키를 판다는 정보를 흘렸지. 소문은 금세 퍼졌고 고객들이 찾아왔어. 우리는 위스키를 비싼 값에 팔았지. 어느 날 그 찻집에 다시 갔는데 그곳에 있던 사람들이 완전히 취해 있는 거야. 순간 부끄럽더라고…… 그들이 술에 취해 우리에게 손짓을 하면서 "이봐! 프랑스 친구들!", 이렇게 우리를 부르는데 갑자기 덜컥 무서웠어. 그 상황을 책임져야 하는 일이 생길까 봐 무서웠던 것 같아. 우리는 바로 그곳을 떠났어. 술은 이미 모두 팔아 치웠고. 사실 운이 좋았지. 그게 범죄라고는 생각하지 않았어. 제기랄, 그냥 그건 인생이었다고! 사고뭉치 인생!

사막을 건너는데 3일을 예상했지만 3주가 넘게 걸렸어. 차들이 모두 고장 나버리는 바람에…… 둘째 날부터 모래바람이 몰아쳤고 엔진이 망가졌어. 그래도 자동차 수리공들과 함께 있었으니까 엔진을 금세 교체할 수 있어서 다행이었지. 정말 끝내주는 모험이었어. 일주일 동안 빵은 밀만 먹었다니까! 거기는 정말 아무것도 없었거든. 준비한 식량은 3일분인데 사막에서 3주를 보냈으니! 우리는 엔진을 고치기 위해서 사막에 차 5대를 놓고, 2대를 몰아서 엔진을 사러 갔어. 트럭을 타고 사막을 건넜던 게 생각나네. 트럭에 물을 싣고, 차 뒤에서 샤워를 했지. 물이 부족한 사막에서 엄청난 양의 물이 쏟아진다고 상상해 봐. 그건 정말 마법이었어! 차가 모래 위를 달리면 뒤로 엄청난 모래 안개 같은 게 일어나는데, 그 장면은 지금도 잊을 수 없어. 모든 게 비현실적이었지. 결국 우리는 사막을 건너 니제르의 어느 도시에 도착하게 됐어. 항구 도시였는데 이름을 잊어버렸네. 그곳에서 사막을 무사히 건너온 것을 기념하기로 했지. 생각해 봐. 그렇게 고생해서 건넌 사막인데 얼마나 좋았겠어. 맥주를 한잔하러 갔지. 오후 다섯 시 즈음이었나, 바에 들어갔는데 뭔가 느낌이 이상한 거야. 우리를 향한 사람들의 시선이 곱지 않다는 것을 느끼기 시작했어. 그래도 신경 쓰지 않고 테이블에 앉아 있는데 원숭이 한 마리가 우리 쪽으로 오더라고. 그걸 보고 있던 일행 중 한 명이 원숭이에게 물컵에 담긴 물을 줬고, 우리는 물을 마시는 원숭이가 웃겨서 깔깔대며 웃고 있었지. 그런데 갑자기 술집 주인이 우리를 노려보며 이렇게 말하는 거야. "너희들은 지금 원숭이에게 아프리카인들이 물을 마시는 물컵을 준 거야. 그러니까 너희들은 원숭이와 우리 아프리카인들이 똑같다고 생각하는 거지!" 갑자기 분위기가 이상해졌어. 상황이 심각하게 돌아간다는 것을 알았지. 그 주인과 옥신각신하고 있는데 기관총을 든 경찰들이 와서 우리에게 총을 겨눴어. 결국 우리 모두 유치장으로 끌려가게 됐지. 24시간 그곳에 있어야 했어. 다행히 모두 체포된 것은 아니었어. 차를 지키고 있던 일행들이 있었고, 그들이 대사관에 알려서 일이 해결될 수 있었지. 물론 유치장에서 하루를 보내기는 했지만…… 그렇다고 딱히 걱정을 한 건 아니야. 말했지만 나는 정말 아무 생각이 없었다니까.

– 도대체 그런 식으로 어디까지 갈 생각이었어?

– 베냉의 코토누. 거기가 우리 목적지였어. 그런데 인생이 생각대로 될 리가 없잖아. 아프리카의 어떤 마을에 들어가면 경찰들이 단속을 하면서 선물을 요구해. 대단한 것은 아니어도 볼펜이나 그들이 쓸 수 있는 것들을 뇌물처럼 받치라는 뜻이지. 네가 젠틀한 사람이라는 것을 보여주는 방법이기도 하고. 베냉에도 그런 문화가 있었는데, 그들이 내 기타를 원하는 거야. 나는 기타를 칠 줄 몰랐어. 코드 3개나 잡을 줄 알았나? 그런데 그들에게 기타를 주고 싶지 않은 거야. 게다가 아주 싸구려 기타였는데도 불구하고. 5,000km를 악조건 속에서 달려왔는데, 경찰이 베냉에 들어가려면 기타를 내놓으라고 했고, 나는 그걸 단칼에 거절해 버렸어. 왜 그랬는지는 지금도 모르겠어. 내 거절이 우

리들에게 어떤 영향을 끼칠 것이라는 생각을 전혀 하지 못하고 그냥 무조건 싫다고 한 거야. 차가 7대가 있었고 사람이 14명이었는데, 나는 그저 기타를 주고 싶지 않다고 말했어. 미쳤던 거지! 그래서 결국 들어갈 수 없었어. 돌아가야 했지. 기름도 없는데, 니제르로 돌아갈 계획은 없었으니까. 지금 생각하면 환장할 노릇이지. 어쨌든 우리는 니제르에 가서 차를 팔 수 있었어. 시속 20km로 달리는 것은 절대 불가능하다고 생각했는데, 겨우겨우 해낸 거지. 일이 그렇게 됐지만 아무도 나를 비난하지 않았어. 우리는 모두 바보였고 아무 생각이 없었으니까. 나는 정말 기타를 주고 싶지 않았다고! 그건 내 기타였고 주고 싶지 않았어! 그게 다야. 내 기타를 주고 싶지 않은데 어떻게 해! 물론 여행 내내 단 한 번도 기타를 연주한 적은 없었지만. 사실 그건 그냥 쓰레기였거든. 완전 싸구려였다고. 그렇다고 해도 말이야, 아, 나도 잘 모르겠어. 아마도 나는 정신연령이 12살인 것 같아. 내 아내는 나보고 7살이라고 하지만……

아! 그거 알아? 이건 아주 중요한 거야. 차를 팔 때는 돈이 없어도 돈이 있는 척을 해야 해. 기다리게 만들어야 흥정이 되거든. 잘 알아 두라고. 아니지, 쓸데없는 소리네. 너희가 아프리카에 가서 차를 팔 것도 아닌데…… 그래도 인생이란 모르는 거니까, 아프리카에 가서 뭔가를 팔게 될지 누가 알아? 나도 애초에 계획된 일이 아니었다고. 아니야, 그런 일은 하지 마, 제기랄, 모르겠어. 어쨌든 인생은 우리보다 힘이 세니까. 무엇이 돼서 어디에 있든, 그것이 좋든 나쁘든 거기가 끝이 아니라는 것만 잊지 마. 나는 66살이나 먹었지만, 이게 끝이 아닌 것을 안다고. 제기랄, 늙은이 같군. 이런 말을 한다는 것 자체가 늙은이 같아. 여하튼 우리는 니제르 니아메에 있는 호텔 앞에 차를 세웠어. 돈이 한 푼도 없어서 호텔에서 머물 수는 없었지만, 호텔에서 머무는 것처럼 시늉을 한 거야. 돈이 있는 척을 했지. 그들이 값을 낮춰서 부르면 시간을 질질 끌었어. 안 팔아도 그만인 것처럼. 그렇게 3주를 보냈으니까 사실 오래 걸린 거지. 기다리는 동안에는 마을 축제를 즐겼어. 결국 차도 잘 팔았고. 모두 셔츠에 반바지를 입고 여행을 떠났는데, 파리에 도착해서는 얼어 죽을 뻔했지. 2월에 셔츠에 반바지 차림으로 돌아왔으니까. 돈 한 푼도 안 쓰고 몇 개월 동안 여행을 한 거야. 차를 판 돈으로 여행비를 낸 거지.

– 또다시 그렇게 떠날 생각이 있어?

– 아니! 이제는 죽어도 그렇게 못 해! 길만 건너도 무섭

다고. 놀랍지? 이제 나는 누가 뭘 훔쳐 갈까 봐 무서워서 언제나 문단속을 철저히 해야 하는 나이가 됐어. 뭔가를 잃은 거야. 그게 뭐라고 해야 하나…… 그때의 태평함, 무신경함 같은 것. 어느 순간이 되니 떠나기가 두려워졌어. 너무 많은 문제들을 만나게 될 거 같고. 생각해 보면 나는 아나키스트는 아니었던 것 같아. 그저 생각이 없었던 거였을 뿐. 그러니까 잃은 것이 아니라 얻은 건가. 생각을 얻어서 이렇게 된 것인가? 모르겠어. 제기랄……

– 오베르뉴에는 어떻게 오게 된 거야?

– 여행을 마치고 돌아와서 연극을 하게 됐어. 그때 내가 일할 수 있는 곳이 많지 않았는데 우연히 어느 극단에서 나를 받아줬거든. 운이 좋게 유명한 연출가를 만났고 전국을 돌아다니면서 공연을 했지. 순회공연을 하다가 클레르몽페랑에 오게 됐고 거기서 아내를 만났어. 아내가 공연을 보고 대기실에 찾아와 내 연기가 훌륭했다고 말해 줬어. 그날 밤 우리는 함께 술을 마시고 호텔로 갔지. 다음날 나는 스페인으로 공연을 하러 떠났고, 거기에서 엽서를 보냈어. 사랑하는 것 같다고…… 내가 살던 곳, 캉으로 아내가 왔고, 우리는 캉에서 15년을 함께 살았어. 아내는 노르망디의 날

씨를 싫어했어. 습하고 춥거든. 그래서 이곳에 온 거야. 아내가 나 때문에 15년을 노르망디에서 보냈으니까 이제 내 차례라고 생각했지. 나도 아내를 위해서 오베르뉴에서 15년을 보내겠다고 결심했어.

- 오베르뉴는 산으로 둘러싸인 지방이잖아. 바다가 있는 곳에서 살다가 완전히 뒤바뀐 환경에 힘들었을 것 같아. 바다가 그립지는 않아?

- 당연히 그립지! 바다가 너무 그리워. 노르망디에서 살던 집은 바다를 마주하고 있었어. 바다에서부터 폭풍우가 몰아치는 게 보였지. 매일 아침마다 대본을 들고 해변을 걸었어. 10km 정도 되는 거리인데, 그곳을 왕복하면서 대사를 외웠지. 바위나 장애물 같은 것을 만나지 않으니까 대본에 집중하면서 걸을 수 있었어. 완전 평지이거든. 이곳에 오니 그걸 할 수 없네. 처음에는 산을 탔는데, 이상하게 산을 오를 때는 대사가 머릿속에 잘 들어오지 않더라고. 집중이 안 돼. 발을 조심해야 한다고 생각하기 때문에 그런 것인지는 모르겠지만.

- 극단을 떠난 것은? 캉에 있을 때 유명한 극단에 소속

되어 있었잖아. 그 모든 것을 버리고 새로운 지역에서 배우로서 일자리를 찾는 일이 쉽지는 않았을 것 같은데……

– 캉에서 마지막 공연을 하는 날, 솔직히 말하자면 그때 내 연기가 형편없다고 생각했어. 어떤 극이 인기가 많아지면 연출도 배우도 그 틀을 벗어나지 못하게 돼. 그걸 벗어나는 것이 너무 두려워지거든. 우리는 몇 년째 똑같은 것을 반복하고 있었어. 마지막 공연은 정말 최악이었지. 내 연기에 구역질이 났으니까. 공연을 마치고, 커튼콜을 하는데 나갈 수 없었어. 나갔다면 정말 구역질을 했을 거야. 대기실에 가만히 숨어 있었지. 그리고 그 안에 있던 화장실 창문으로 도망쳤어. 그게 마지막이야. 두 번 다시 돌아가지 않았어. 극단 사람들 역시 그렇게 연락이 끊겼고. 사람들이 전화를 해도 받지 않았어. 지금이었다면 절대 그러지 않았을 거야. 그렇지만 그때는 나 자신이 너무 후져서 도망치는 것 말고는 방법이 없다고 생각했어. 여기서 연기를 다시 시작하는 일은 당연히 어려웠지. 나 같은 늙은 배우를 누가 쓰려고 하겠어. 그래도 퇴직금이 나오는 나이까지 버텼으니까 그나마 다행이야.

– 다시 무대에 서고 싶지 않아?

– 나는 내 배우 생활이 끝났다고 생각하지 않아. 다만 돈을 얼마 받느냐 하는 문제에서 벗어난 것일 뿐. 이제부터는 진짜 하고 싶은 극을 고를 수 있을 거라 생각해. 물론 나를 찾는 사람이 많지 않겠지만, 지금부터가 진짜 연극의 시작이라고 생각하고 있어. 죽기 전에 꼭 한 번은 나만이 할 수 있는 내 역할을 만날 거라고 믿어.

– 요즘은 어떻게 하루를 보내?

– 이전보다 훨씬 더 활기차게 보내. 정원을 가꾸고, 나무를 자르고, 아주 좋아. 하루의 계획을 세워서 움직인다고. 낮에는 지적인 활동을, 아침에는 몸으로 하는 일을. 이 정원은 내 손이 안 탄 곳이 없어. 정원을 가꾸는 일은 연극보다 몇 배는 더 어려운 것 같아. 흙을 비옥하게 만들려면 퇴비도 줘야 하고, 야채를 경작해야 하고. 옆집 사람과 물물교환을 해. 옆집 사람이 퇴비를 주면 나는 야채를 주는 식으로. 그런데 그거 알아? 정원일은 연극과 똑같아. 늘 실망뿐이야. 실컷 물을 줬더니 다 죽어 버리고, 병이 들고, 내 마음대로 자라는 게 아무것도 없다고! 그렇지만 나는 식물을 정말 좋아해. 조부모님이 포도농장을 하셨었거든. 어린 시절에 온몸이 보랏빛이 되어서 집으로 돌아왔던 기억이 있

어. 정원일도 연극도 늘 실망만 안겨주지만, 좋아하는 마음은 어쩔 수 없지. 결국 내가 마음을 줄 수 있는 곳이 있다는 게 보상이지 뭐. 안 그래? 연극도 마찬가지고.

– 이제 마지막 질문이야. 세르지오, 당신은 배우니까, 배우에게 가장 잘 어울리는 질문을 해 볼게. 혹시 지금 떠오르는 대사가 있어?

– 너무 어렵잖아. 제기랄, 나는 공연이 끝나고 나면 대사를 모두 잊어버린다고…… 아, 생각나는 게 하나 있는데, 내 대사는 아니야. 체호프의 플라토노프에 등장하는 어느 여배우의 대사인데, «그래, 그런 거야». 갑자기 그 말이 생각나네.

그래, 그런 거야.

그런 거지 뭐.

아는 여자, 배우, 사람

펠리칸 극장은 끌레르몽페랑시의 중심가에서 멀리 떨어진 한적한 동네에 있다. 그곳은 거리에 사람이 드물고 편의시설과 상가가 별로 없는 곳이지만, 사건 사고의 빈도로 치면 '한적함'이라는 단어와는 거리가 먼 곳이기도 하다. 곧 재개발 예정인 오래된 서민 아파트와 무단 불법 거주자들이 사는 건물(이라고는 하지만 이제는 언더그라운드 공연장으로 알려진 곳이다)은 늦은 저녁 그곳을 향하는 걸음들을 망설이게 하고, 서둘러 문을 걸어 잠그는 가정집들의 불빛은 길에 남은 사람들을 외롭게 만든다. 태양도 바람도 비도 눈도 그곳을 지날 때면 모두 외롭다. 쨍해서, 지독해서, 하염없이 쏟아져서, 타이어 자국만 사납게 남아서. 입을 꼭 다물고 경계심 가득한 눈빛을 건네는 노인들도, 바지를 엉덩이에 걸치고 블루투스 스피커로 크게 음악을 듣는 젊은이들도 어쩌면 모두가 혼자이고 모두가 외로운 곳인지도 모르겠다. 그리고 거기, 우두커니 서 있는 펠리칸 극장. 나는 그곳을 지나갈 때마다 극장의 담벼락에 가만히 손을 얹고 조용히 묻는다.

외롭니? 너도 외롭니? 담장에 둘러싸여 고독을 고독으로 가로막느라고……

펠리칸 극장은 중심가에서, 사람들에게서 멀어지고 있다. 벽을 휑하게 쓸고 지나가는 바람의 휘파람은 얼마나 청승 맞는지! 사람들이 그 처량한 소리에 놀라 창문을 닫고 커튼을 내리면, 혼자 들뜬 바람과 형체 없는 기억만이 덩그러니 남아 거리를 뒹군다. 닫힌 창문을, 커튼을 비집고 들어갈 수 없는 힘 없는 기억. 나는 그 기억을 알고 있다. 모두의 기억이라고 했다. 그 모두 안에 이방인이 끼어들 자리가 있는지는 모르겠으나, 나는 내 것이 아닌 기억을 기억하고 있다.

기억은 입에서 입을 타고 내게 전해졌다. 극장 앞에서, 극장의 담벼락 밑에서, 극장 근처의 오래된 술집에서 사람들은 저마다 기억들을 공유했다. 각자 자신들이 가진 퍼즐 조각을 가지고 모두의 기억을 맞춰 나갔다. 시작은 언제나 같았다.

'한때 펠리칸에서 살았던 사람들은……'

그들의 이름을 묻는 사람은 없었다. 모두가 그들을 알았고, 심지어 그들 중 한 명이 자리에 함께할 때도 사람들은 '한때'라는 부사를 붙여 아주 먼, 옛날 옛적의 일처럼 기억을 전했다. 사람들은 전설을 필요로 했다. 펠리칸의 불빛이 외로울수록, 펠리칸의 담장이 고독할수록 사람들은 '한때'로 되돌아가고 싶어 했다.

한때 펠리칸에서 살았던 사람들은 유토피아를 꿈꿨다. 전쟁과 자본주의를 경멸했고, 평화와 사랑과 섹스와 마약을 사랑했고, 모든 것을 나누어 가졌으며, 함께 일했고, 함께 먹었고, 함께 잤고, 함께 펠리칸을 만들었다. 타이어 공장 노동자들과 함께 '사느냐 죽느냐 그것이 문제로다'를 두고 고민했고, 포르투갈 이주민들과 '고도'를 기다렸다. 펠리칸 연극제는 도시의 축제였고, 주민들은 모자를 벗고 치마를 걷어 올리며 배우들과 춤을 췄다. 펠리칸은 모두의 극장이었다. 펠리칸에서 살았던 그들은 모두의 예술가들이었다.

'그랬었지……'

이야기는 대체로 그렇게 끝이 났다. '그래서?'가 아니라 '그랬었지……'로. 마치 다음이 없는 이야기처럼. 그러나 나는 이 기억의 뒷이야기를 안다. 그것은 딱히 새드엔딩이라고 할 것도 없는 진부한 결말. 경제 위기가 찾아왔고, 프랑스의 문화 황금기가 끝났고, 사람들은 문화의 '효율성'과 '수익성'을 따지기 시작했고, 누군가는 화가 났고, 누군가는 상처받았고, 누군가는 떠났고, 누군가는 기회를 잡았고, 더 이상은 나눌 수 없게 됐고, 한쪽은 더 갖게 됐고, 한쪽은 더 잃게 됐고, 미워했고, 등을 돌렸고, 사라졌고, 잊어버렸다는 이야기.

그렇게 모두가 떠난 펠리칸에는 펠리칸만이 남았다. 사람은 떠나도 연극은 계속됐다. 공동체 생활의 유해는 사라졌다. 주방과 식당은 사무실이 됐고, 공동 침실은 창고가 됐고, 극장에서는 유치원생들의 학예회와 고등학생들의 연극 발표회가 열렸다. 연출가들은 유치원 연극 교사가 됐다. 그들은 아이들에게 연극을 가르치며 간식 시간과 낮잠 시간을 엄수하는 법을 배웠다. 배우들은 고등학생들과 함께 연기했다. 학교는 배우들에게 원어로 연기할 것을 요구했고, 영어를 못하는 배우들은 대사를 외우지 못해 쩔쩔맸다. 시장은 펠리칸이 비생산적인 공간에서 미래의 주역들을 위한 교육용 연극의 장으로 탈바꿈했다고 말했다. 예술가들이 만들고 시민들에게 돌아갔으니 그것은 일종의 성공적인 결말이라 할 수 있었으리라. 그러나 걱정의 시선은 남았다. 교육에 있어서 연극이 투자에 비해 그 효과를 내지 못한다면, 혹은 연극보다 더 효율적인 장르가 등장한다면 그때는 어떻게 되는가, 결국은 사라지지 않겠는가 하는…… 해가 거듭될수록 학예회와 청소년 공연조차도 그 규모가 줄어들고 있고, 전문 배우들과 기술자들, 연출가들이 점점 사라지고 있으니 영 쓸데없는 걱정만은 아닐지도 모른다.

"결국 사라지고 말 거야."

누군가 장난처럼 내뱉은 말에 사람들은 웃지 않았다. 전자담배의 뿌연 연기가 펠리칸의 담장을 넘었다. 사람들은 침묵을 두려워했다. 모두 텅 빈 극장의 침묵을 트라우마처럼 안고 살았다. '그렇게 쉽게 없어지겠어?' 누군가 호기롭게 웃었다. 이야기는 다시 '한때'로 돌아갔다. 한때, 펠리칸이 들썩이던 시절로. 침묵의 순간마다 사람들은 '펠리칸의 한때'를 필요로 했다. 그들의 '한때'는 미국 영화의 한 장면처럼 점점 부풀려졌다. 에이즈로, 마약으로 세상을 떠난 몇몇을 진정한 예술가로 여겼다. 기회를 잡아 날개를 단 누군가는 배신자가 됐다. 사람들은 배신자를 미워하면서도 동경했다. 이제 사람들은 배신을 염려하지 않았다. 이 시대에는 더 이상 그런 극적인 사건들이 찾아오지 않는다는 것을 모두 잘 알고 있기 때문이다. 사람들이 원하는 것은 유토피아가 아니라 '보장'이었다. 안전하게 먹고 살 수 있다는 '보장'. 사람들은 보장된 연극을 찾았다. 바칼로레아(프랑스 수능시험) 프로그램에 베게트 작품이 포함된다면 '고도'를 기다려볼 만할 것이다, 셰익스피어는 중학생들을 상대로 원어로 된 공연을 한다면 판매는 보장될 것이다, 물론 배우보다 원어민 영어 교사를 구하는 일이 시급하겠지만. 사람들은 조소했다. 자신들의 현재를, 내일을 비웃었다. 그것은 마약이나 알코올 중독 같은 자학과는 다른 형태의 절망이었다. 절망에 순응하는 절망, 그 얌전한 절망은 사람들에게 담배보다 안전한 전자담배를 피우며, 자꾸 '한때'로 돌아가라 말했다. 가져본 적 없는 추억을 회상하라 했다. 펠리칸 극장 앞, 텅 빈 거리에서 사람들은 '한때'를 살았다. 그리고 그들 사이에는 언제나 카티가 있었다.

한때, 카티는 펠리칸에서 살았다. 유토피아를 꿈꿨는지는 모르겠으나, 모두 다 같이 함께 먹고 자고 일하고 나누는 것이 당연한 줄 알았다고 했다. 평화와 사랑과 섹스와 마약을 사랑했으나 필요하면 다퉜고, 나이가 들며 성욕을 잃었고, 병이 무서워 마약을 끊었다고 했다. 카티는 '한

때'를 한때가 아닌, 어제처럼 이야기했다. 사람들이 말하는 '한때'와 카티의 어제는 언제나 묘하게 어긋났다.

사람들은 카티의 이름 앞에 '한때'를 붙이지 않았다. 사람들은 카티의 어제의 공연을, 오늘의 토마토밭을, 내일의 휴가를 물었다. 사람들은 카티 앞에서 '한때'를 말하면서도 그녀에게 그것의 사실 여부를 묻지 않았고, 그녀 역시 '모두의 기억'의 과장성을 지적하지 않았다. 다만 누군가 '그랬었지'라고 말하면 묘한 미소를 지으며 '그랬었나?'라고 물었을 뿐, 망가진 검은 치아를 드러내며. ('한때' 펠리칸의 삶이 그녀에게 남긴 유일한 흔적은 마약으로 인해 망가진 치아뿐이다.)

사람들은 카티가 '한때'의 사람인 것을 자꾸 잊었다. 날아오르지도 추락하지도 않은 사람은 전설이 될 수 없으니, 그녀가 걸어온 오름과 내림이 있는 그 길은 결국 오늘의 평지로 이어지고 말았다. 평지는 시시했다. 오늘은 고작 고단할 뿐이다. 결말 없는 이야기는 지루하다. 그래서 모든 이야기에는 마침표가 찍혀 있는 것일까? 이렇다 할 엔딩 없는 이야기는, 우리의 오늘과 닮은 이야기는 너무 시시해서?

카티를 만나기 전, 나는 펠리칸의 기억을 몇 번이고 되짚어 봤다. 유토피아를 꿈꿨던 젊은이들과 그들의 성공과 실패담, 그리고 여배우의 나이 듦에 대해 대화를 나눠야 할 것이라고 내 나름대로 인터뷰 방향을 정했던 것도 사실이다. 그러나 카티의 집에 도착하여 토마토가 자라는 그녀의 아담한 정원과 혼자 소설을 쓴다는 남편, 식탁 위의 소박한 밥상과 카티를 '어머니'라고 부르는 장성한 청년, 그들이 식탁에 앉아 '왕좌의 게임'에 대해 신나게 떠드는 모습을 보며, '한때'의 이야기들을 가만히 마음 한편에 덮어두었다.

삶은 이야기가 아니다. 해피도 있고 새드도 있지만 엔딩은 없다. 죽음은 엔딩이 아니다. 기억은 죽음의 마침표를 말줄임표로 바꾸어 버린다. 점 여섯 개가 찍힌 그곳에서 말은 다시 가능성을 품는다. 입에서 입을 타고, 삶에서 또 다른 삶으로 옮겨가는 일을 꿈꾼다. 삶은 이야기보다 말, 언(言)에 가깝다. 나의 말의 끝은 너의 말의 시작이고, 너의 말은 내게 와서 나의 말이 된다. 말에는 완전한 완성이 없다. 말은 바뀐다. 말은 이어진다. 말은 변한다. 말은 계속된다.

인터뷰는 카티의 말을 따라 흘러갔다. 그녀는 어제와 오늘을, 그녀가 생각하는 내일을 '말'했다. 그녀의 말속에는 적절한 오르막과 적절한 내리막이 있었으나 그곳을 올라가고 내려가는 일이 힘겹지도 서운하지도 않았다. 평지를 걷듯 편안했다. 카티의 말은 대서양을 떠다녔다. 흘러 흘러 어디에 다다를지 모르겠으나 어디에 다다르지 않아도 좋았다. 우리에게 필요한 것은 엔딩이 아니라 전개였다. 누구도 함부로 마침표를 찍지 못하게, 끊임없이 이어지는 전개 그리고 언제까지 멀리멀리 기억을 전달하는, 기억을 매개하는 말.

사람들이 카티의 이름 앞에 '한때'를 붙이지 않는 이유는 카티가 오늘을 살고 있기 때문일 것이다. 배우이고, 아내이자 어머니, 할머니이며, 외로운 펠리칸 극장의 구석진 자리를 차지하는 관객이고, 토마토와 상추를 심으며, 셰익스피어와 베게트의 희곡집을 책꽂이에 얌전히 꽂아 둔 채 왕좌의 게임을 즐겨 보는, 전자담배를 싫어하고 변함없이 말보로 레드를 피우는 카티.

날아오르지도 추락하지도 않은,

영웅도 전설도 아닌,

어제의 오름과 내림을 넘어 오늘의 평지를 걷고 있는,

나와 함께 오늘을 살고 있는 내가 아는 여자, 배우, 사람

카트린 주글레 마르퀴스, 줄여서 카티,

그녀의 말을 당신에게 전하고 싶다.

당신에게 달려가 당신을 지나 당신의 당신을 만나는 꿈을 꾸면서.

Cathy

카티와의 만남

– 카티, 실례가 되지 않는다면, 당신이 어떤 사람인지 간략하게 소개해 주시겠어요?

– 대서양을 떠다니는 것 같은 기분이 들게 하는 질문이네요. 내 이름은 카트린 주글레 마르퀴스입니다. 줄여서 '카티'라고 부르죠. 나이는 65세, 자식이 셋이고 손자들도 있어요. 평생 배우로 살았고요.

– 마지막으로 공연하신 작품에 대해서 이야기해 줄 수 있나요?

– 제가 마지막으로 참여한 작품의 제목은 상뻬의 «마르슬랭 카이우[1]»입니다. 저는 상뻬의 그림을 정말 좋아해요. 시적이고 매우 섬세하거든요. 그 작품을 무대에 올리고 싶다는 생각을 늘 해왔는데 저작권을 받을 수 있을 거라고 생

1 한국에서는 '얼굴 빨개지는 아이'로 출간됐다.

각하지는 못했어요. 왜냐하면 우리 극단은 지방 소도시의 작은 극단이고, 포스터에 이름을 대문짝만하게 새길 수 있는 스타 배우나 스타 연출가가 있는 극단이 아니니까. 그래서 그 작품을 각색할 수 있을 거라고 생각하지 못했죠. 저작권 문제는 늘 까다롭거든요. 그런데 사실상 너무 쉽게 글과 그림을 연극에 써도 된다는 허락을 받았어요. 솔직히 말할게요. 그의 작품은 그림은 정말 기가 막혔지만, 무대에 올려서 극으로 만들기에 글은 조금 빈약했어요. 상뻬는 매우 심플한 글을 쓰는 작가이거든요. 문체만을 생각했을 때 무대에 올리기에 적절한 작품은 아니라고 생각했지만, 그의 그림이 너무 아름다웠기에 도전을 해볼 가치가 있다고 생각했죠. 그러니까 그림으로, 시각적인 이미지로 잘 표현을 하는 것이 관건이었어요. 상뻬의 그림을 무대로 매우 정확하게, 그대로 옮겼죠. 그 그림들 중에서는 «마르슬랭 카이우»에서 발췌해온 것이 아닌 것도 있었어요. 그렇지만 저작권 문제는 없었죠. 상뻬가 직접 공연을 관람했지만 그 부분에 대해서는 아무 말도 하지 않았거든요. 그는 정말 인간적인 사람이에요. 돈을 좇는 사람이 아니죠. 물론 돈이 많기도 하겠지만…… 그의 그림을 스캔하고 확대해서 PVC에 붙였어요. PVC는 종이 같은 거예요. 종이 연극을 하고 싶었거든요. 그리고 아주 옛날 방식으로 마리오네트를 움직이는 사람들과 함께 작업했죠. 큰 판이 있으면 그 아래 마리오네트가 있는 거예요. 관객들이 볼 수 있도록 무대에 경사를 만들었고요. 판 위로 마리오네트가 올라오게 만들죠. 측면에는 내레이터가, 판 밑에는 배우가 숨어서 목소리를 연기해요. 어쨌든 중요한 건 인물들의 움직임이 자연스럽게 보여야 한다는 것이죠.

– 저희도 그 공연을 봤어요. 관객들의 반응이 뜨거웠던 것으로 기억해요. 큰 성공을 거둔 공연이라고 들었고요.

– 기적적이었어요. 처음에는 엉망진창이었거든요. 프로답지 못한 사람과 함께 일을 해서…… 공연을 하다 보면 그런 일이 자주 있어요. 결국 어려운 건 예술이 아니라 사람인 것 같아요. 여하튼 그 사람은 예술가이긴 했지만 공연을 할 때 갖춰야 할 엄격한 프로 정신이 없는 사람이었어요. 저희 극단의 공연 횟수가 오베르뉴 지역에서만 평균 50회에서 100회예요. 게다가 상뻬의 연극은 공연 횟수가 평소보다 훨씬 많을 것이라고 예상했기 때문에 무엇보다 튼튼한 무대 장치가 필요했죠. 그런데 연습 중에 무대 장치가 완전히 망가져 버린 거예요. 결국은 제 사비를 들여서 두

번째 미술감독을 고용했죠. 극단에 돈이 없었기 때문에 다른 방법이 없었어요. 물론 우리가 프로젝트 기획 단계에서 각종 단체에 신청했던 제작 지원비는 모두 받았어요. 상뻬였으니까, 설명할 필요도 없었죠. 공연 제작비 지원 심사를 받을 때면 늘 이렇게 말했어요.

"우리는 상뻬를 좋아해서 상뻬의 작품을 올릴 겁니다. 글 자체에 대단한 문학적 가치는 없어요. 그저 단짝 친구 둘이 헤어졌다가 다시 만나는 예쁜 이야기일 뿐이죠. 엄청난 예술을 하겠다는 게 아니에요. 단지 상뻬를 좋아하고 상뻬의 세계를 보여준다는 즐거움으로 만드는 거죠. 저작권을 얻은 것만으로도 만족하고 있어요."

프레젠테이션 시간은 2분에서 5분밖에 걸리지 않았어요. 길게 설명할 필요가 없었으니까. 그럼에도 불구하고 원하는 만큼의 제작비는 모두 지원을 받았죠. 상뻬라는 이름, 그 자체가 저희에게 모든 것을 가져다준 거예요. 공연의 성공은 상뻬의 이름에 있었죠. 그 공연이 저희 극단에서 만든 것 중 가장 성공한 작품임은 분명하지만, 제가 가장 좋아하는 작품은 아니에요. 성공과 마음은 별개의 문제인가 봐요. 어쨌든 오베르뉴 쿠르농에서 첫 공연을 하게 됐죠. 물론 완성도가 높지는 않았어요. 공연이란 것은 원래 회를 거듭할

수록 더욱 단단해지죠. 10회 정도는 해야 비로소 안정된 호흡이 나와요. 그러나 초연의 불안정성은 그것만의 매력이 있죠. 살아 있는 존재의 연약함을 전달하기에 그만한 조건이 없으니까. 그때 그 첫 공연을 아비뇽 몽클라르 페스티벌의 기획 담당자가 관람을 하게 됐고, «마르슬랭 카이우»를 아비뇽의 몽클라르 페스티벌에 초대해 줬어요. 30년 동안 어린이 연극을 해온 사람으로서 그 페스티벌은 하나의 결실 같은 것이었죠. 30년 만에 오베르뉴를 벗어나 전 세계 연극인들이 모인다는 아비뇽에서 우리의 연극을 소개할 수 있게 됐으니까. 그곳에 가는 게 목표는 아니었지만 나는 그것이 내 연극 인생의 정점이라는 것을 알았어요. 그래서 이제 무대를 내려와야 할 때라고 생각한 거죠. 아비뇽에서 돌아와 극단을 후배인 셀린느 포르트뇌브에게 넘겼어요. 지금도 그녀가 저를 대신해서 그 공연을 무대에 올리고 있죠. 이후로도 «마르슬랭 카이우»는 프랑스에서 제일 큰 어린이 연극제를 모두 돌았어요. 엄청난 성공이었죠. 물론 그 공연의 성공이 내가 잘해서가 아니라 상뻬의 이름 덕분이란 것을 알고 있어요. 그의 작품은 아름다우니까. 그게 다죠. 상뻬라는 이름 덕분에 모든 것을 얻은 것이고요. 어떻게 생각하면 조금 불공정한 것 같아요. 텍스트는 그저 그렇거든, 말하자면 배우로서 주워 먹을 것이 별로 없어요. 상뻬라는 이름과 행운이 만났다고밖에 설명할 수 없네요. 그것도 상뻬 덕분에 따라온 행운이긴 하지만. 그런 식으로 행운이 붙는 쪽을 생각해 보면 한없이 가난해진다니까…… 행운도 행운이 있는 쪽을 좋아하는 것 같아서.

- 30년 동안 이끌었던 극단을 후배에게 물려주는 일이 쉽지 않았을 것 같은데.

- 오래전부터 생각해왔던 일이었어요. 나도 이 극단을 물려받았거든요. 70년대였죠. 즉흥극을 할 때였는데, 마크 뒤마라는 배우가 «아뜰리에카프리콘»이라는 극단을 만들었고, 에이즈 감염으로 투병 생활을 시작하면서 그 극단을 내가 물려받게 된 거예요. 마크가 죽기 전에 «누가 못된 늑대를 무서워하는가»라는 연극을 연출했고, 우리는 그 공연으로 전국을 돌았죠. 처음부터 어린이 연극만 고집했던 것은 아니었어요. 오히려 실험극에 가까운 것들을 주로 했는데, 어린이 연극을 올린 것이 성공을 거두면서 점차 극단의 특성이 그쪽으로 굳어진 거예요. 생각해 보면 모든 일이 그랬던 것 같아요. 계획대로 된 것은 하나도 없고, 하다 보면 이렇게 저렇게 가야 할 길을 찾아 흘러가더라고. 나만 해

도 그래요. 원래 배우를 할 생각이 없었다니까. 난 모두 현장에서 배운 거예요. 배우는 정말 내 인생과 거리가 먼일이었다고요! 우연이라는 녀석이 나를 이렇게 만든 거죠. 배우가 된다는 생각은 단 한 번도 해본 적이 없었는데…… 나는 12살, 13살 때부터 UN의 통역사가 되고 싶었어요. 그렇지만 우리 부모님은 통번역 학교의 학비를 지불할 능력이 없었죠. 그 당시 프랑스에는 통번역 전문학교가 없어서 공부를 하려면 스위스에 가야 했거든요. 내 꿈을 절대 이룰 수 없을 것이라는 사실을 깨달은 후로는 무엇을 해도 상관없었어요. 나한테는 다 마찬가지였죠. 통역사를 꿈꿨던 것은 미국에서부터였어요. 두 언어를 유창하게 잘했거든요. 아버지는, 이런 말은 자식으로서 조금 그렇지만, '사기꾼'이었어요. 인형극을 하셨죠. 리용 전통 인형극이요. 인형을 가지고 전 세계를 돌아다니셨죠. 부모님은 이혼을 하셨는데, 그 과정에서 법정 다툼까지 있었어요. 결과적으로 법원에서 네 명의 아이 중 두 명은 엄마가, 나머지 둘은 아버지가 양육하라는 판결을 내렸고, 나는 아버지를 따라가게 됐죠. 말했듯이 우리 아버지는 떠돌이였으니까 나도 아버지를 따라 미국에 가게 된 거예요. 법원에서 가라고 했으니까 갔죠. 어쩔 수 없이…… 9살에 떠나서 15살까지 미국에서 살았어요. 아버지는 알리앙스 프랑세즈에서 인형극을 해서 돈을 벌었고, 가짜 학위를 가지고 캘리포니아 대학에서 교수가 됐어요. 그때는 학위를 돈을 주고 사기도 했거든요. 그렇지만 그리 나쁜 교수는 아니었던 것 같아요. 학위가 있다고 잘 가르치는 건 아니니까. 아버지는 책을 많이 읽었고, 불어를 잘했고, 물론 철자를 자주 틀렸지만 말하자면 '셀프메이드맨'이었던 거예요. 진짜 학위를 받은 교수들 속에 자연스럽게 녹아들었죠. 어쨌든 먹고 살아야 했으니까! 엄청난 사기꾼이었다고는 생각하지 않아요. 다만 정직하고 곧은 사람이 아니었을 뿐. 나는 미국의 로스앤젤레스에서 살았어요. 그때가 민권 혁명 시대, 흑인들의 저항이 일어났던 시대였죠. 통금이 있었어요. 저녁 6시면 나갈 수 없었죠. 엄청난 저항 운동이었어요. 마침 아버지 집에는 인쇄기가 있었고 흑인들이 전단지를 인쇄하러 왔죠. 아이들이 봐서는 안 되는 것이었지만, 나는 흑인들이 집에 드나드는 것을 봤어요. 아버지는 그들을 도왔죠. 프랑스인들이 사는 동네와 흑인들의 동네가 가까웠거든요. 게다가 아버지는 그런 사람이었어요. 거리에서 만나는 사람들을 집으로 모두 데려와서 재워야 직성이 풀리는…… 원래는 인형극 홍보 전단지를 인쇄하는 데 쓰이는 기계를 그렇게 쓰신 거예요. 우리 집은 금세 정치적인 장소가 돼버렸죠. 아버지는 위험해질 수 있는 일들을 망설이지 않고 하셨어요. 그래서 가난했고, 어려움을 많이 겪었죠. 나는 그때 절대 연극을 하지 않겠다고 결심했어요! 그렇지만 아버지의 정치적인 면과 프랑스 혁명의 핏줄, 미성년자들의 파업, 그런 것들이 내 안에 있었어요. 아버지는 내게 늘 두 가지 언어를 유창하게 잘하니까 사회에 도움이 되는 일을 하라고 말씀하셨죠. 그래서 정치적인 결정들이 이뤄지는 곳에서 번역이나 통역을 하고 싶었던 거예요. 그것이야말로 내가 이 세상에 도움이 되는 일을 하는 것이라고 생각했던 거죠. 그 일을 하지 못할 것이라는 사실을 알았을 때는 엄청난 충격이었어요. 스무 살이었고, 미국에 있다가 프랑스로 막 돌아왔을 때였죠. 18살에 봐야 하는 시험을 스무 살에 치게 됐어요. 교과 과정 자체가 미국과는 너무 달라서 고등학교에 들어가는 대신에 중학교에 들어가야 했거든요.

– 프랑스로 돌아오게 된 계기가 있었나요?

– 프랑스에서 68년 5월 혁명이 일어났죠. 어느 날 저녁 아버지가 말했어요. "프랑스에서 엄청난 일이 벌어지고 있어. 이제 돌아가야 해." 그래서 우리는 인형극에 쓰는 인형

들을 제외한 모든 것들을 팔아 치우고 미국을 떠났어요. 그런데 지금 생각해 보면, 단지 혁명 때문만은 아니었던 것 같아요. 프랑스로 곧장 들어가지 않고, 마르티니크, 과들루프, 세인트마틴섬을 거쳐 갔으니까. 아버지가 무슨 일을 저지르셨던 게 분명해요. 알았다고 해도 내가 할 수 있는 일은 없었겠지만…… 여러 섬들을 거치면서 길에서 인형극을 하고 모자로 돈을 걷고 그곳 주민들의 집에서 얹혀 지내며 생활했어요. 정말 엄청났죠. 그때 일들은 모두 좋은 추억으로 남아 있네요. 사람들이 따뜻했고 친절했고, 도시 사람들이 늘 꿈꾸는 그런 사람들을 만났거든요! 우리는 마을의 광장에 공연을 보러 오는 사람들 덕분에 살아남을 수 있었어요. 그 사람들은 우리가 자동차 한 대와 마리오네트 인형들밖에 없다는 것을 알고 있었죠. 거기에서 나와 내 이복남동생, 여동생이 함께 사는 것을 보면서 우리가 정말 빈곤한 사람들이라는 사실을 알고 도와줬던 거예요. 집에서 재워 주고 밥도 주고, 그 외진 마을의 흑인들이 우리를 도와줬어요. 백인들에게는 도움을 받은 적이 없었죠. 아버지는 그렇게 돈을 열심히 모았고, 우리는 그런 방식으로 독일까지 갈 수 있었어요. 그 당시 프랑스 국경이 막혀서 들어갈 수 없었거든요. 독일에 도착해서는 차를 새로 샀어요. 벤츠였죠. 우리 수준에 가당치도 않은 차를 타고 다닌 거예요. 기름을 어찌나 많이 먹던지! 그 안에 인형들과 아이들을 싣고 달렸어요. 아버지는 벤츠가 남들 눈에 띄지 않게 작은 길로만 다니셨죠. 아, 이런 일도 있었네요. 아버지가 프랑스의 남부 오바뉴의 놀이 공원에서 놀이기구를 팔았던 적이 있었어요. 아버지는 그 놀이공원의 창시자 중 한 명이었죠. 우리는 그곳에서 인형극을 했어요. 인형극 무대가 내 침대였죠. 그때 당시 주중에는 기숙사에서 지내다가 주말이 되면 놀이공원에서 살았어요. 집이 없었거든요. 놀이공원에서 마리오네트를 하며 주말 아르바이트를 하고 먹고 자며 지냈죠.

– 68년 5월 혁명을 기억하고 있나요? 많은 자료들이 남아 있지만 당시 기억하고 있는 혁명의 모습이 궁금해요.

– 우리는 68년 5월 혁명을 길 위에서 보냈어요. 벤츠에 숨어서, 기름값을 벌기 위해 인형극을 하면서. 아버지가 기름을 넣고 돌아오는 동안에 우리는 텐트에서 잤죠. 야생에서 캠핑을 하며 지냈어요. 그때는 그게 불법이 아니었거든요. 아마 불법이었다고 해도 우리는 개의치 않고 그렇게 살았을 거예요. 나는 미국을 떠나는 게 너무 괴로웠어요. 이

틀 만에 로스앤젤레스를 떠났는데, 그게 이상하다고 생각했죠. 내 생각에 뭔가 급하게 떠날 수밖에 없었던 사건이 있었던 것 같은데…… 아버지는 우리에게 모든 것을 말해 주지 않았어요. 아버지에 대한 일화를 이야기하자면, 우리가 목장에 가까운 곳에서 인형극을 하며 살 때였어요. 거기서 아버지는 가죽으로 인디언 머리띠를 만들어서 파셨죠. 어느 날 머리띠에 가격표가 없길래 아버지에게 왜 가격표를 붙이지 않느냐고 물었어요. 아버지는 "사람들의 신발을 잘 보고, 좋은 신발을 신은 사람들에게는 값을 비싸게 불러. 그리고 신발에 구멍이 난 사람에게는 그냥 줘! 그게 우리 가격표야"라고 대답하셨죠. 그게 아버지의 원칙이었어요. 나도 그런 원칙을 극단을 운영하는데 적용했어요. 특히 교통비를 받을 때요. 공연을 팔면 가까운 곳이든 세상의 끝이든 모두 30유로의 교통비를 붙여요. 모두가 30유로를 내야 하죠. 그렇게 연말 결산을 해보면 우리 극단도 손해를 보지 않고 모두 30유로를 냈으니까 공평하다고 생각했죠. 물론 자본주의에서 말하는 공평함과는 거리가 멀겠지만, 잘 생각해 봐요. 교통비가 더 많이 들어가는 쪽은 언제나 시골 외딴곳에 있는 극장들이에요. 그런 극장들은 예산이 턱없이 부족해서 우리 같은 작은 극단의 공연들을 사는 것도 버거워요. 그런데 거기에 교통비까지 더하면, 계산이 나오지 않죠. 나는 자본주의식 계산법이 문화적인 불평등을 만든다고 생각해요. 돈이 있는 곳에는 문화가 있겠죠. 돈이 없는 곳에는 문화가 사라질 것이고, 문화는 다시 특정 계층을 위한 것이 될 것이고…… 그렇게 되면 나는 내 직업이 부끄러워질 것 같아요.

– 그렇다면 연극을 하게 된 것은 모두를 위한 문화라는 사명감 때문이었나요?

– 전혀 그렇지 않아요. 말했지만 나는 연극 같은 것은 하고 싶지도 않았고, 할 수 있을 거라고 생각도 하지 않았으니까. 스위스의 통번역 학교에 갈 수 없다는 사실을 깨달은 이후부터 내 인생은 그저 다람쥐 쳇바퀴 돌리는 삶이었어요. 뭔가 일을 배워야 한다고 생각했고, 비서 자격증을 따기 위해 학원에 다녔죠. 너무 지루했어요. 결국은 해고됐죠. 비서가 되는 것을 포기하고 바에서 서빙을 했어요. 펠리칸이라는 극단이 자주 오는 바였는데, 저는 그 일이 좋았어요. 사람들을 많이 만났고, 정말 재미있었죠. 그러던 어느 날 펠리칸 극단의 단원인 질 수제라는 사람이 저에게 묻더군요. 극단 단원 중 한 명이 갑자기 그만두는 바람에 자

리가 비었는데 혹시 함께할 생각이 없는지, 아주 곤란한 상황이라고 했어요. 나는 연극에 대해서 전혀 몰랐고, 극장에 가본 적도 없었죠. 아버지가 하시던 인형극과 정통 연극은 달랐으니까. 경험이 없다고 말했지만 그는 괜찮다고 했어요. 마침 바도 주인의 사정으로 문을 닫게 됐고, 그래서 그냥 하겠다고 했죠. 그것도 우연이었죠. 처음 연습을 하러 갔던 날이 생각나네요. 울면서 뛰쳐나왔어요. 연출가가 아주 악랄했거든요. 그래서 식사 시간에 펠리칸을 찾아가서, 그때 당시 극단 단원들이 모두 함께 살았거든요. 그 시대는 그런 일이 흔했어요. 거기에 가서 더는 연습에 나오지 않겠다고 말했죠. 그리고 울었어요. 그때 그곳에 있던 다니엘 마르땅이 오후에 함께 연습을 하자고 제안을 해줬어요. 가면극이었는데, 다니엘과 연습을 하면서 새로운 세상을 만나게 됐죠. 그건 대서양에 빠진 기분이었어요. 말하자면 건널 것이라고 생각했지만 절대 건널 수 없는 것, 앞으로 나가고 있지만, 헤엄치고 있지만 저기 건너편의 해변가로 가려면 아직 너무 먼, 내가 생각했던 것보다 훨씬 더 멀리 있는 그런 느낌이요. 모든 것은 우연이었죠. 지구와 행성과 별들이 연결하고 있는 끈 같은 것. 나는 결국 펠리칸에 남게 됐어요. 연극이 좋아졌죠. 브렐[2]의 말처럼 «내가 모르고 있었다는 것을 몰랐던 것들»을 알게 된 거예요. 그게 너무 좋았죠. 풍요로운 삶을 엿봤어요. 내가 원래 하고 싶었던 것만큼이나 풍요로운 삶이요. 펠리칸 식구들은 펠리칸 극장에서 함께 살았어요. 나는 그 공동체에 속하게 됐죠. 함께 먹고, 자고, 연극을 말하는 것이 숨을 쉬듯 자연스러운 일이었어요.

– 그렇게 지금까지 연극을 해오셨죠. 어때요? 연극을 해온 지난 시간들은 정말 풍요로운 삶이었나요?

– 그런 것 같아요. 그렇지 않았으면 그만뒀을 테니까. 그렇지만 요즘 연극하는 사람들도 그런 삶을 살 수 있을지는 모르겠네요. 아마 어려울 것 같아요. 그 시절에 우리는 다들 가진 것이 없었지만 앞날을 걱정하며 두려워하진 않았어요. 오히려 문화가 필요한 시대였으니까. 사람들이 문화를 원했거든요. 이제는 아닌 것 같아요. 그 시절 문화는 모두가 무언가를 함께 할 구실이었죠. 우리는 그것을 필요로 했고요. 그런데 요즘은 그 반대인 것 같아요. 고립을 필요로 하죠. 그런 시대는 스마트폰이 제격이죠. 작은 화면 속

2 자크 브렐 : 벨기에의 싱어송라이터 겸 배우

에 갇혀 살 수 있으니……

- 그렇다면 그때가 프랑스의 문화적 황금기였을까요? 문화부 장관이 스타들을 차에 태우고 시골 마을을 돌아다니며 공연을 하고 축제를 열었다는 이야기를 들었어요. 시골까지 문화를 전파하기 위해서. 이제는 그럴 필요가 없긴 하죠. 카티, 당신도 주로 시골에서 공연을 했죠?

- 맞아요. 난 그게 좋았어요. 시골에서 공연을 하는 일이 필요한 일이라고 생각했고, 아버지가 하던 일과 비슷했으니까. 근처에 있는 시골에서 공연을 하면 아침에 출발해서 저녁에 돌아오거든요. 무대를 설치하고 공연을 하고, 끝나면 마을 사람들과 술을 나눠 마시고 집에 돌아왔죠. 그러니까 그 모든 것들은 그냥 연극 한 편이 아니었어요. 연극은 핑계였고 사실은 축제였지요…… 다 핑계였고 함께 있고 싶은 마음, 그게 다였죠.

- 연극의 황금시대가 다시 돌아올까요?

- 아니, 이제 끝났죠. 내가 운이 좋았던 거예요.

- 베르나르 마리 콜테스는 이미 오래전에 연극은 곧 사

라질 예술이라고 예언을 했었죠. 카티의 생각은 어때요? 정말 그럴까요?

– 그렇지는 않을 거라고 믿어요. 하나의 문화가 사라진다는 것은 하나의 문명이 사라지는 일이라고 생각하니까. 다른 형태로 나아가겠죠. 그걸 나아간다고 표현할 수 있을지는 모르겠지만, 우리는 잊혀질 테고 우리가 해왔던 모든 방식들은 박물관에나 남게 되겠지만 한 번 존재했던 것은 어떤 식으로든 흔적을 남긴다고 생각해요. 공동의 기억 속에서 연극은 사라지지 않을 테고 누군가는 이어갈 거예요. 그렇게 믿어요.

– 공동의 기억이라고 말씀하시니, 아니 에르노가 생각이 나요. 아니 에르노가 프랑스 사람들을 두고 '공동의 기억을 가진 이들'이라고 표현했거든요. 이 문장에 대해 어떻게 생각하세요?

– 나는 프랑스인이지만 프랑스인이라고 느끼며 살지 않아요. 내가 생각하는 국경은 건너기 위해서 존재하는 것이죠. 나는 프랑스인이라는 게 뭔지 잘 모르겠어요. 어쩌면 아니 에르노의 말처럼 공동의 기억을 가진 사람들이 모인 집단일 수도 있겠네요. 그렇지만 나는 내 국적에 대해서는

뭐라고 말할 수 없어요. 국적이 없는 사람이라고 스스로 생각하며 살아왔거든요. 아, 그런데 내가 미국에 있을 때, 그때는 국적에 대해 생각을 했었던 것 같아요. 그렇지만 프랑스인은 아니었죠. 이방인이었을 뿐. 나는 오랫동안 내 국적이 이방인이었다고 생각해요. 그리고 그 뿌리는 지금도 남아 있죠.

- 마지막으로 하고 싶은 말이 있으신가요?

- 내 이야기를 어느 프랑스인의 이야기라고 생각하지 않았으면 좋겠어요. 이상한 시대에 태어나 남다른 아버지 밑에서 살아온, 그래요, 예술가의 이야기라고 생각해 줘요. 당신들이 생각하는 예술가들과는 물론 다르겠지만 거리에도, 먼지 나는 시골 극장에도 예술가는 존재해요. 그리고 나는 그런 예술가였죠. 네, 그런 사람이었어요.

- 지금은요? 지금은 아닌가요?

- 지금은 그때의 기억을 간직한 사람이지…… 이렇게 담배나 한 대 피우면서……

보고 싶은 사람이 있습니까

"캐나다는 많이 춥지요?"

인터뷰가 끝나고 일리아가 내게 물었다. 주근깨가 귀엽게 흩뿌려진 콧잔등을 찌푸리며, 태양 아래 두 주먹을 불끈 쥐고 서 있던 일리아의 눈빛은 흔들림이 없었다. 마치 당장이라도 캐나다로 떠날 것처럼. 여름을 건너 겨울까지 친구 에스테반이 사는 곳으로 가겠다는 다짐을 마친 것처럼.

"겨울이야 엄청 춥겠지. 그런데 캐나다도 지금은 여름이야."

일리아가 눈을 동그랗게 뜨고 나를 바라봤다. 그리고 정확히 3초 만에 아빠를 부르며 뛰기 시작했다.

"아빠, 캐나다도 여름이래!"

일리아는 이제 추위를 견디지 않아도 캐나다로 떠난 에스테반을 만날 수 있다는 사실을 알아채 버린 모양이다. 당분간 캐나다에 가자고 조르는 일리아 때문에 시달리게 될 일리아의 아빠를 생각하면 미안한 일이지만, 소년의 기쁜 얼굴만큼 우리를 흐뭇하게 하는 일이 또 있을까? 일리아는 '야호'를 외치며 단숨에 날아올랐다. 그리고 첨벙, 소년이 물을 향해 몸을 던지는 청량한 소리. 수영장의 파란 물이 하늘 위로 하얗게 흩어졌다. 소년의 몸짓에는 자신의 몸보다 몇 배 더 커다란 희망이 있었다. 멀리 사는 친구를 안아주고도 남을 넉넉한 어떤 것. 소년은 여름의 태양 아래 무럭무럭 자라고 있었다. 키만큼 아니 그보다 더, 그의 호기심과 그리움이 그리고 용기가 제 키를 훌쩍 뛰어넘었다.

어느 겨울날, 일리아는 저체온증을 앓았다. 가장 끔찍했던 기억으로 온몸이 스머프처럼 파랗게 됐던 순간을 뽑았던 소년, 세상에서 추위가 가장 무섭다는 그 아이는 가고 싶은 나라로 1초의 망설임도 없이 캐나다를 꼽았다. 캐나다에는 일리아의 단짝, 에스테반이 살고 있고 일리아는 캐나다에 가는 날을 손꼽아 기다린다. 소년은 말했다. 겨울이 춥고 너무 멀어서 멀미를 해도 '갈 수 있다'고. 에스테반이 있으면 괜찮다고. 에스테반이 있는 곳까지 모든 것을 이겨내고 가겠다고.

단단한 눈빛으로 소년은 '보고 싶어요'라고 말했다. 마음에 소나기가 내렸다. 후드득 한껏 신나게 쏟아지고 나면 다시 쨍하게 뜨거운 여름날의 소나기 같은 것이.

시간도 거리도 물질도 뛰어넘을 수 없는 나의 힘없는 '그리움'은 일리아 앞에 멋없는 낱말이 됐다. 손가락을 축 늘어뜨리고 여기저기 희미하게 써 놓았던가. 소나기를 실컷 맞은 마음이 가만히 꿈틀거린다.

지금 보고 싶은 사람이 있는가?

스스로에 물었다. 'ㄱ'에서 'ㅎ'까지, 'A'에서 'Z'까지 전화기의 목록을 뒤지듯, 머릿속에 저장된 이름들을 하나씩 꺼내며 누구일까, 보고 싶은 이는 누구일까 생각했다. 어떤 얼굴들은 다가왔다 금세 사라졌고, 어떤 마음들은 뿌옇게 밀려왔다 흩어졌다. 아니다. 이렇게 얕은 마음이 보고 싶은 마음일 리 없다. 그렇다면 무엇인가? 추위도 멀미도 모두 뛰어넘게 하는 간절한 그 마음은? 보고 싶은 마음이란……

아무래도 마음을 다시 배워야겠다.

책을 펼치고 기억해야 할 것들을 하나씩 옮겨 적듯이, 나는 나의 마음을 펼치고 구석구석 새겨진 시간들과 이름을 옮겨 적어야 하지 않을까? 어느 날 무심하게 두고 왔던 사람들, 상처받을까 지레 겁먹고 서둘러 덮어 버린 관계들. 그런 이들의 이름을 적다 보면 나도 모르게 짧은 탄식처럼 '보고 싶다'는 말이 나오지 않을까? 당장 달려가지는 못 할지라도 전화를 걸어 그들의 이름을 불러 볼 수 있지 않을까? '야, 네가 웬일이야, 어떻게……' 당황해하는 그 목소리에 어색해하지 않고 담담하게, 담백하게 '보고 싶어서'라고 말할 수 있지 않을까?

마음을 다시 배운다면, 그럴 수 있을까?

'캐나다는 춥지요?'라고 일리아가 내게 물었던 것처럼, 나도 누군가에게 묻고 싶다. '그럴 수 있을까요?'라고 물으면 '그럼요, 첫 장부터 다시 봅시다'라고 내게 가르쳐 줄 사람이 있다면, 그렇다면 나 역시 '야호'를 외치고 이 여름을 가로질러 뛰어다닐 텐데. 이 뿌연 그리움이 하나의 분명한 형체가 되면, 그것을 향해 달려갈 수 있을 텐데.

'ㄱ'에서 'ㅎ'까지, 'A'에서 'Z'까지 이름들을 더듬어 본다. 보고 싶다, 라는 말이 입술 끝에 걸리는 사람 누구인가? 들으면 간절해지는 이름 하나쯤은 있을 것도 같은데. 그러나 나는 가만히 숨어 살다가 하나씩 꺼졌던 나의 마음을 알고 있다. 추위 앞에, 멀미 앞에 도망친 나의 나약한 마음이 지운 이름들도.

어쩌면 지금 내가 그리운 것은 보고 싶은 이들을 한가득 가슴에 품고 살았던 '나'인지도 모르겠다. 엄마가, 친구가 보고 싶다고 말해도 부끄럽지 않았던, 마음에 있어서 용감

했던 '나'는 내가 지운 첫 번째 이름이었을까?

일리아의 마음이 하늘 높이 자라는 것을 넋 놓고 바라보며, 축축이 젖은 내 마음의 꿈틀거림을 달랜다.

마음을 다시 배워 볼까? 나는 어디서부터 시작해야 좋을까? 비 오는 날 우산을 들고 나를 마중 나온 엄마부터 다 녹은 초콜릿을 가슴에 품고 왔던 아빠와 아랫목에 누워 계시던 할아버지의 숨소리, 나의 사랑하는 강아지 록키와 교복을 입고 느릿느릿 걷던 너와 쉬는 시간 복도에서 나를 기다리던 너와 귀에 이어폰을 꽂아주던 너, 늦은 밤 취했던 너와 비 오는 밤 함께 달렸던 너와 많이 울던 너와 그리고 나, 그 모든 순간 속의 나.

추위를 이기지도, 멀미를 참을 수도 없는 마음이지만, 더는 달려가지 않을 테지만 그래도 보고 싶다고,

가만히 여기에 서서, 햇살 아래 소년이 달리고 미끄러지고 넘어지고 그래도 깔깔 웃는 모습을 보며, 내 안에서 살다 죽은 그 모든 마음들이 조금은 보고 싶다고,

나를 두드려 말을 걸어 본다.

혹시 아직 남아 있을지 모를 그것들을 향해

덤덤하게, 담백하게

보고 싶었어…… 라고.

Ilia

일리아와의 만남

- 일리아, 우리가 만나기 전에 부탁한 게 있었는데 기억해요? 소중한 물건 하나를 소개해 주기로 했던 거 기억하죠? 오늘 어떤 물건을 우리에게 소개해 줄 거예요?

- 축구공이에요. 내 첫 번째 축구공인데, 다섯 살 때 선물 받은 거니까 아주 오래된 거예요. 저는 일곱 살이 됐어요. 나중에 축구선수가 되고 싶어요. 드리블, 패스하는 것을 좋아해요. 친구들과 축구하는 게 좋아요. 저는 테니스보다 축구가 더 좋아요.

- 일리아가 어떤 사람인지 소개해 줄 수 있어요?

- 저는 일리아예요. 7살이고요. 2012년에 태어났어요. 엄마 전화번호는 06 62 25 ** ** **이고요, 아빠 전화번호는 06 03 88 ** ** **이에요. 저는 1학년이에요. 이제 곧 2학년에 올라가요.

- 학교에서는 뭘 해요? 우리 학교에 가는 날 하루 일과를 하나씩 순서대로 이야기해 볼까요?

- 저는 매일 7시 45분에 일어나요. 혼자서 일어날 때도 있고 엄마 아빠가 깨워 줄 때도 있어요. 옷을 입고 아침을 먹어요. 우유빵이나 초콜릿빵이요. 옛날에는 잼을 먹었는데 이제 달라졌어요. 그리고 나면 모두가 준비를 해요. 아빠는 샤워를 하고, 엄마는 제일 일찍 일어나요. 여섯 시요. 엄마가 제일 먼저 준비를 해요. 일찍 회사에 가셔야 하거든요. 어떤 때는 엄마를 보기도 하고, 어떤 때는 못 볼 때도 있어요. 준비가 끝나면 학교에 가요. 가방을 꼭 가져가야 해요. 캉구[1]를 타고 가요. 월요일, 화요일, 목요일 그리고 금요일에는 아빠가 데려다줘요. 수요일에는 엄마가 데려다주고요. 수요일에는 엄마가 회사에 안 가시거든요. 학교에 도착하면 운동장에서 10분, 20분 놀면서 시작을 기다려요. 그런데 6개월 동안 매일 같은 놀이를 해서 이제 지겨워요. 그런 다음에 공부를 해요. 받아쓰기를 하고 '이것저것' 공책을 해야 하는데, 그건 받아쓰기 연습 공책이에요. 250장이나 있어서 그걸 끝내야 해요. 그리고 거대한 곤충의 집 수

1 소형 밴 스타일의 르노 자동차

업이 있어요. 가끔 곤충들이 죽기도 하지만 우리도 최선을 다하고 있어요. 대나무와 솔방울, 짚, 흙으로 집을 만들어 줘요. 그리고 나면 쉬는 시간이에요. 그리고 다시 공부를 하고, 식당에 가요. 식당에서 밥을 먹고 쉬었다가 다시 공부를 하고 다시 쉬었다가 또다시 공부를 하고, 에휴, 힘들어요. 그걸 다 하고 나면 학교가 끝나요.

– 쉬는 시간에는 뭘 하고 놀아요?

– 구슬 놀이를 해요. 그런데 두 개밖에 안 남아서 새로 사야 했어요. 저는 구슬 놀이를 잘 못 해요. 그런데 구슬을 훔치는 사람들이 있어요. 그래서 옛날에 구슬이 진짜 많았는데, 구슬이 많이 없어졌어요. 구슬 놀이는 이렇게 해요. 맨홀 뚜껑이 있는데, 거기 구멍이 두 개가 있거든요. 구슬 두 개를 그 구멍에 넣는 사람이 이기는 거예요. 그런데 저는 구멍을 스치기만 해요. 구슬이 절대 구멍에 안 들어가요. 마티아스는 늘 한 번에 넣어버려요. 속이는 애들도 있어요. 그 애들이 구슬을 엄청 많이 따가는 게 너무 불공평해서 화가 나요. 그래서 싸운 적도 있는데 선생님한테 둘 다 혼이 났어요. 그래서 더 화가 났는데, 엄마가 속이는 친구들에게 화를 낸 것은 제 잘못이 아니라고 말해 줬어요.

대신 똑똑하게 화를 내야 한대요. 똑똑하게 화를 내려면 숨을 크게 쉬고 말해야 해요. 후, 한 다음에 또박또박 말해야 해요. 소리를 질러도 안 되고, 울어도 안 되고, 욕을 해도 안 되는 거예요. 그래서 요즘에는 거울을 보며 똑똑하게 화내는 연습을 해요.

– 그건 모두에게 꼭 필요한 연습이네요. 일리아에게 오늘 좋은 걸 배웠어요. 나도 거울을 보고 똑똑하게 화내는 법을 연습해볼게요. 그런데 학교 식당 음식은 어때요? 맛있어요?

– 맛있을 때도 있고, 맛없을 때도 있어요. 고기하고, 퓌레, 야채 그리고 닭다리가 맛있어요. 맛없는 건 시금치…… 그런데 제가 싫어하는 게 너무 많아요. 각자 접시를 가져와서 음식을 담는데, 음식을 담기 전에 음식이 다 차려질 때까지 기다려야 해요. 저는 친구들과 함께 먹어요. 학기 초에는 제가 일등으로 먹었는데, 이제는 매번 꼴찌로 가서 친구들과 같이 먹으려면 빨리 뛰어야 해요. 안 친한 애들이랑 밥 먹는 건 싫어요. 식당은 정말 시끄러워요. 그래서 소리가 울리지 않게 공사를 했어요. 밥을 먹고 난 다음에는 쉬는 시간인데 날씨가 더우니까 물놀이를 해요. 물총 쏘기,

물 폭탄 놀이요. 그리고 다시 수업을 하고, 다시 쉬는 시간이 되고, 다시 수업을 하고, 4시가 되면 간식 시간이에요. 간식은 우리가 각자 집에서 가져와요. 간식을 먹고 공부를 하고, 숙제를 할 때도 있는데 날씨가 더우면 물놀이를 해요.

– 간식을 가져오지 못하는 친구들도 있어요?

– 마리우스는 간식을 가져온 적이 한 번도 없어요. 그래서 제가 줘요. 그런데 나도 지겨워요. 왜냐면 내 간식이 없어지니까. 저는 마리우스한테 잘해 주지만, 저도 이제 지쳤어요. 그래서 이제는 제가 싫어하는 과자만 마리우스에게 줘요.

– 학교가 끝나면 뭘 하죠?

– 아빠 아니면 엄마가 저를 데리러 와요. 그리고 집에 가요. 집에서는 테니스를 하거나 가족들이 모여서 보드게임을 하며 놀아요. 날씨가 더우면 수영장에 들어가고요. 가끔은 누나, 블랑쉬와 함께 놀기도 해요. 7시, 8시가 되면 저녁을 먹는데, 엄마는 일 때문에 다시 가야 해요. 그래서 엄마가 보고 싶을 때가 있어요. 저녁을 먹고 나서는 잠옷으로

갈아입고 양치질을 하고 만화를 보기도 하고 아니면 책을 읽기도 해요. 옛날에는 책을 읽을 줄 몰라서 아빠와 엄마가 읽어 줬어요. 그러고 나면 잠을 자죠. 저는 잠이 드는 데 3시간이나 걸려요. 눈을 감으면 재미있는 이야기가 떠올라서 잠을 자는 게 싫어요.

– 일리아의 누나를 소개해 줄 수 있어요?

– 누나 이름은 블랑쉬에요. 9살이고 2009년에 태어났어요. 누나 전화번호는 몰라요. 누나는 저한테 못되게 굴어요. 그래서 저도 누나를 '블랑시'라고 부르죠. 그렇게 부르면 누나가 싫어하거든요. 누나는 화가 나면 저를 '야야'라고 불러요.

– 누나가 왜 못되게 굴까요?

– 몰라요. 누나한테 물어보세요.

– 아, 그러네요. 그건 누나한테 물어봐야 하는 거였네요. 그럼 우리 제일 좋았던 순간에 대해 이야기해 볼까요? 7살이나 됐으니까, 음, 길다면 긴 시간인데…… 살면서 가장 기뻤던 순간은 언제였나요?

– 축구부 마지막 날이요. 수요일이었는데, 히옹(RIOM)[2] 팀 유니폼을 받았거든요. 라파엘 부모님이 팀 전체에게 사 주신 거예요. 게다가 선물도 엄청 많이 받았어요. 19살인 사람하고 축구 연습도 했고요. 제가 어리다고 봐주지 않았어요. 나도 안 봐줬고요. 페널티 킥도 했어요! 저는 비디오 게임보다 축구가 더 좋아요.

– 그렇다면 살면서 제일 끔찍했던 순간은요?

– 눈이 오던 날이었어요. 저는 너무 추워서 스머프처럼 파랗게 됐어요. 아빠 잘못이기도 해요. 아빠가 어떤 아줌마가 있는 곳으로 제가 탄 썰매를 밀었거든요.

일리아 아빠 : 아니야! 그건 내 잘못이 아니었어!

일리아 : 맞아. 아빠가 제대로 보지도 않고 나를 밀었잖아. 아줌마에게 돌진했다고! 내 인생에서 가장 끔찍한 순간이었어. 경찰 아저씨들과 싸우고 싶지 않았단 말이야!

일리아 아빠: 이 질문에 대해서 나도 할 말이 있어요. 그날 우리가 썰매를 타러 갔는데…… 일리아, 일단 네가 추웠던 날과 그날을 헷갈리는 것 같은데 그건 다른 날이야. 우리도 정말 놀랐기 때문에 기억해요. 어느 날, 일리아가 저

2 프랑스 오베르뉴 지방에 있는 도시

체온증 상태가 돼서 온몸이 정말 시퍼렇게 변했어요. 아마 3살 때였을 거예요. 온몸이 파랗게 질린 것을 보고 깜짝 놀랐죠. 일리아를 안고 차까지 미친 듯이 뛰었어요. 그리고 히터를 틀었죠. 30분 동안 일리아가 아무 말도 하지 않더라고요. 몸이 녹을 때까지 아이가 가만히 있는 것을 보며 저도 정말 무서웠어요! 그런데 일리아, 네가 그걸 기억하고 있는 줄은 몰랐어. 그 썰매 이야기는, 비디오로 촬영한 것도 있을 거예요. 아이들과 썰매를 타러 갔어요. 일리아의 썰매를 밀었는데, 저기 눈밭 아래로 아주머니 한 분이 지나가시는 거예요. 일리아가 아주머니를 받아버렸죠. 진짜 말 그대로 아주머니가 공중으로 붕 떴다가 날아갔어요. 놀라서 달려갔는데, 이미 어깨가 부러지셨더라고요. 일리아는 겁에 질려 있었죠. 소방관들이 오고 경찰들이 오는 것을 보고 애가 기겁을 한 거예요. 사람들이 모여드니까 자기가 큰 잘못을 저질렀다고 생각한 거죠. 감옥에 가기 싫다고 울고불고…… 비디오로 찍어 놓은 게 있어요. 처음에는 아무도 없었는데, 어느 순간 거기 그 아주머니가 있더라고요.

일리아: 나는 아주머니가 있는 걸 봤어요. 그래서 몸을 움직이려고 했는데 움직일 수가 없었어요. 볼링공처럼 굴러가기만 했다고요!

블랑쉬 : 내 친구가 거기 있었어요. 그걸 다 봤다고요. 다음날 학교에 소문이 났어요. 걔가 저한테 그러더라고요. « 나 네 동생이 어떤 아줌마를 날려버리는 걸 봤어.» 2년이 지난 후에 집으로 청구서가 왔어요.

아빠 : 엄청난 금액은 아니었어! 너무 과장해서 말하지 마, 애들아. 무서웠던 건 하마터면 그 아주머니가 일리아 위로 떨어질 뻔했다는 거죠. 충격이 너무 커서 아주머니가 썰매 위로 날았거든요. 영화의 한 장면 같았다니까요.

- 나쁜 추억에 대한 이야기는 그만하기로 해요. 일리아의 얼굴이 다시 파랗게 질리고 있는 것 같으니까.

- 정말 무서웠어요.

- 미안해요, 일리아. 우리 다른 이야기해볼까요? 지금 여자친구가 있나요?

- 네. 이름이 에이미예요. 같은 반이고요. 밤색 단발머리예요. 걔도 저를 좋아해요. 그런데 또 다른 애를 좋아하기도 한대요.

- 그게 싫어요?

– 아니요. 왜요? 에이미가 좋아하는 애 이름은 마르땅이에요. 마르땅도 꽤 괜찮아요. 그래서 상관없어요. 그리고 그건 에이미 마음이니까. 에이미에게 러브레터를 쓴 적도 있어요. 거기에 머리끈도 넣었고요. 편지를 주면서 아무 때나 원할 때 열어 보라고 했어요. 학교에서나 집에서나.

블랑쉬: 그 머리끈은 내 것이었어요!

일리아: 아니야. 엄마가 준 거야! 편지에 쓴 내용은 개인적인 것이라 말할 수 없어요. 어쨌든 우리는 사귀는 중이에요.

– 마르땅은요?

– 그건 모르죠. 에이미랑 마르땅이 알아서 하겠죠.

– 에이미 마음은 에이미 것이다. 이런 뜻인가요? 그거 멋지네요!

– 저는 에이미를 좋아해요.

– 맞아요. 내가 좋아하는 마음만 잘 챙기면 돼요. 일리아는 똑똑한 사람이네요.

– 네.

– 일리아, 만약에 전 세계 어디든 갈 수 있는 비행기표가 주어진다면 어느 나라에 가고 싶어요?

– 캐나다요. 거기 진짜 친한 친구가 살거든요. 못 본 지 2년이 됐어요. 제일 친한 친구예요! 이름은 에스테반인데, 에스테반을 보러 가고 싶어요. 우리는 서로 영상을 주고받아요. 캐나다에 가는 게 조금 무섭기는 해요. 진짜 춥다던데…… 그래도 에스테반을 보러 갈 거예요. 아, 그런데 캐나다가 너무 멀어서 멀미를 할까 봐 걱정이에요.

– 일리아, 한국 사람들에게 하고 싶은 말이 있어요?

– 음…… 재활용을 해야 해요. 플라스틱을 따로 버려야 해요. 꼭 그렇게 했으면 좋겠어요. 한국도, 프랑스도. 대통령도 그렇게 해야 해요!

– 오늘 인터뷰 고마워요. 이제 뭘 할 거예요?

– 당연히 물놀이를 해야죠! 여름이잖아요.

두부를 사러 가는 길에

마뉘의 집에서 두부를 먹었다. 프랑스 슈퍼에서 파는 퍽퍽하고 딱딱한 두부가 아니라 부드럽고 몽글몽글한 진짜 두부였다. 나는 고소한 콩 맛을 이해하는 이 프랑스인에게 금세 친근감을 느꼈다. 고작 두부를 나눠 먹었을 뿐인데…… 샐러드 속에 들어 있는 그 뽀얀 두부는 금세 유라시아 대륙을 횡단하여 마뉘의 주방으로 달려와 프로그레시브록과 얼터너티브록 사이에서 그 심심한 존재를 가만히 드러냈다.

라오스인이 운영하는 아시아 슈퍼에서 산 두부라고 했다. 한국 음식도 본 것 같다며 내게 그곳의 주소를 적어 줬다. 마뉘는 아시아 요리를 배우고 싶다고 했다. 그의 아버지는 라오스 음식뿐만이 아니라 아시아 음식도 잘 드시지 않으셨다고 한다. 인터뷰가 끝난 후에도 아버지에 대한 이야기는 드문드문 이어졌다. 두부 탓인가, 샐러드에 몽실몽

실한 얼굴을 내밀고 있는 그것은 우리를 자꾸 라오스의 그 길로 데려갔다. 마뉘의 아버지가 어릴 적 걸으셨던, 어른이 된 마뉘가 걸었다던 그 길.

프랑스에 망명했던 라오스인, 마뉘의 아버지는 라오스의 흔적을 지우며 사셨다고 한다. '어느 순간 고향이, 조국이 상처가 됐던 것 같아'라는 그의 말을 들으며 고개를 끄덕였지만 짐작할 수 없는 마음이었다. 나라면 어땠을까? 고향집을 잃는다면, 돌아갈 수 없다면 뿌리가 없어 위태로운 나무로 살아갔을까? 힘없이 가는 줄기들을, 병약한 잎들을 보며 무언가를 많이 원망했을까? 그런데 누구를, 무엇을 원망해야 하나. 조국을, 고향을, 아니면 시대를? 아니 세계를, 아마도 세계를 원망했을 것이다. 알을 깨며 나와 어쩔 수 없이 발을 디딘 이 세계를.

그러나 마뉘의 아버지는 그렇지 않았던 모양이다. 적어도 원망은 아니었나 보다. 마뉘의 얼굴을 보면 알 수 있다. 부모들은 아니라고 하겠지만, 인생의 그림자에 묻혀 사는 부모들은 기어이 자식에게 검은 물을 들이고 만다. 나의 검은 물은 내 부모에게서 흘러나와 나의 낯빛이 됐다. 마뉘에게는 그런 것이 없다. 그는 아버지의 상처를 마치 두부를 말하듯 고요하고 평화롭게 이야기했다. 그렇다면 마뉘의 아버지는 그림자를 밟고 일어선 사람이었을까? 아니 어쩌면 아버지의 그림자를 밟고 일어난 것은 마뉘인지도 모르겠다.

아버지가 걸었을 그 길을 걸으며 아버지를 안아 주고 싶었다던 마뉘의 이야기를 곱씹었다. 그것은 두부처럼 보드랍지만 씹는 순간 자잘한 알갱이가 되어 목구멍에 걸렸다. 아버지의 그림자를 밟았을 것이다. 마뉘는 그 길에서 아버지의 그림자를 안았을 것이다. 알갱이 같은 생각들에 목이 막혔다. 김치 한 조각이 있으면 술술 넘어갈 텐데…… 어쩔 수 없이 내게 드리워져 나의 그림자가 된, 내 부모의 그림자를 떠올렸다. 마뉘의 이야기가 내게 시커먼 물을 들인 그 그림자를 들춰냈다. 나는 어느 길에서 그것을 뒤집어썼던가? 생각해 보면 그림자에 파묻힌 것은 나였다. 나는 부모를 안는 대신에 그들의 그림자 밑에 기어들어가 불행한 아이처럼 세상을 보지 않았던가? 자기반성이다. 두부 같은 이야기가 목에 걸리는 바람에 뜬금없는 내면의 목소리가 역류했다. 부끄러웠다. 목이 매어 캑캑거리는 것도, 결국은 감추지 못한 나의 검은 낯빛도. 그가 잘라 준 두부가 내게 말을 걸었다. 그러니까 모든 선택은 네가 한 것이라고. 검은 물을 들인 것도, 그림자를 덮고 사는 것도.

내 아버지, 육십 년 넘게 한 곳에 살고 있는 그는 매일 같은 길을 걷는다. 아버지는 그곳을 벗어나지 못했다. 언젠가 죽어서도 그곳을 맴돌까 봐 무섭다는 아버지의 말에 마음이 꼬집힌 듯 따가웠다. 여기가 아버지의 한계인가, 그의 희생으로 내가 너무 쉽게 넘어버린 그 낮은 담장이, 사방으로 이어진 길이 아버지에게는 한계였던가. 할 말이 없어 아버지를 멀뚱멀뚱 바라봤다. '나는 당신의 인생을 어떻게 해 줄 수 없어요'라는 신호가 담겨 있었는지도 모르겠다.

마눠와 나는 어떤 면에서 아버지들이 넘지 못한 경계선을 넘었다. 그는 자신의 의지로, 나는 이렇게 저렇게 떠밀려서. 아버지가 평생 돌아가고 싶었던 곳을, 아버지가 평생 떠나고 싶었던 곳을 자유롭게 넘나들었다. 그런 면에서 우리는 닮았다. 두부를 좋아하는 것처럼 우리의 인생에도 공통분모 비슷한 것이 있었다. 마눠는 아버지가 돌아가고 싶어 했던 곳으로 돌아갔다. 그리고 그곳에서 아버지를 생각했다. 아버지를 끌어안았다. 나는 아버지가 떠나고 싶어 했던 곳을 떠났다. 어디를 가도 아버지의 그림자가 따라왔다. 아버지의 그림자가 어느새 나의 그림자가 됐다. 그런 면에서 마눠와 나는 달랐다. 고소하고 심심한 두부에 올리브유와 발사믹 식초를 뿌려 두부의 참맛을 즐기는 마눠와 그래도 두부에는 매콤하고 질긴 김치를 싸서 먹어야 하는 나는 근본적으로 다른 것일까.

내 아버지는 두부를 김치에 싸 드셨다. 젓갈이 잔뜩 들어간 우리 집 김치에서는 꼬릿꼬릿한 냄새가 났다. 김치가 짜서 싫다며, 그 짠 김치를 찢지도 않고 이파리 하나 가득 두부를 싸서 한입에 삼키던 아버지. 나이프와 포크로 두부를 썰며 아버지를 생각했다. 60년이 넘게 같은 길을 걸었을 아버지를. 그림자를 덮고 살다가 결국 시커먼 형체가 된 남자를, 나의 아버지를.

나는 눈을 감고 아버지가 매일 걷는 그 길을 따라 걸었다. 우리 집 대문을 열고 골목을 나오면 시장길, 거기 두붓집이 있다. 매일 아침이면 뜨끈한 두부가, 마눠의 말처럼 냉장고에 넣지 않은 따뜻한 두부가 진열대에 올라온다. 아버지는 두부를 샀다. 두부를 살 때는 꼭 국산콩 두부를 사야 한다고, '그게 그거지'라고 말하는 내게 눈을 동그랗게 뜨고, 그는 꼭 국산으로 사야 한다고 말했다. 아버지는 검은 봉지에 담긴 국산콩 두부를 들고 집으로 돌아온다. 그가 산 두부는 기름에 튀겨져 혹은 데쳐져 아침 식탁에 올라온다. 그는 고기를 싫어하는 내게, 고기를 먹지 않아 몸이 허약한 것이라며 신경질을 낸다. 고기를 먹으라고 한다. 고기가 싫으면 두부라도 먹으라고 한다. 두부를 내 앞으로 내민다. 김치 한 조각, 제일 작은 김치 한 조각을 찾아 젓가락으로 잘게 찢어 두부 위에 올린다. 아버지는 말한다. 두부라도 먹어야 한다고.

나는 두부를 좋아한다. 아버지의 오른손, 검은 봉지 속에 들어 있는 국산콩 두부를 가장 좋아한다. 아침에 막 나와서 따끈한 그 두부는 올리브유도 발사믹 소스도 김치도 필요 없다. 고기를 잘 안 먹어서 그 모양이라는 머퉁이를 먹고, 또 잔소리라고 질색을 하면서도 숟가락 가득 퍼먹는 두부는 고소하다. 그 투박한 손이 내미는 하얀 두부는 부드럽게 목구멍을 타고 넘어가 내 속을 데운다. 검은 물 같은 것은 들이지 말고, 하얗고 뽀얗게 살라고 내미는 그 두부는 식탁을 떠나고 나서야 내 속을 울린다. 그러니 늦기 전에 나도 안아 줘야지. 두부를, 검은 봉지를, 검은 손을, 60년 넘게 한결같이 그 길을 걷는 사내를, 나의 사랑하는 아버지를.

오늘 두부를 샀다. 라오스 가게에서 파는 두부는 중국산 두부다. 아버지가 알았다면 혼이 났을 일이다. 그러나 아버지는 이곳에 없다. 아버지는 오늘도 아버지의 그 길을 걸었을 것이다. 대문을 열고 골목을 나와 시장 길, 두부 가게 앞에서 나를 생각했을까?

라오스 가게에서 산 두부는 파란 봉지에 쌓여 있다. 나는 오른손으로 파란 봉지를 덜렁덜렁 들고 집으로 돌아왔다. 매일 같은 길을 걷는다. 경계를 넘으면 좀 다를 줄 알았는데, 사람 사는 일이 다 그런 것인가? 같은 길을 걷고 있다. 매일 다른 마음으로, 매일 다른 얼굴로.

다운받은 음악을 플레이한다. 이어폰에서 시끄러운 음악이 쾅쾅 울린다. 얼터너티브록도 프로그레시브록도 내게는 낯설다. 마눠가 언급했던 모든 밴드들의 음악을 들어봤으나, 음악을 잘 모르는 내게는 그저 어렵기만 했다. 막귀를 가진 나는 음악을 읽을 줄도, 해석할 줄도 모른다. 내게 음악은 편지다. 어떤 시절의 내가 지금의 내게 보내는 편지, 혹은 저만치 먼저 가 있는 내가 나를 부르는 편지. 뮤지션에게는 미안한 이야기지만 플레이를 멈췄다. 그리고 최백호의 노래를 틀었다. 아버지도 듣고 나도 들을 수 있는 몇 안 되는 뮤지션인 최백호가 에코브릿지와 함께 노래를 만들었다. '부산에 가면', 최백호의 낮은 목소리로 시작되는 첫 소절을 들으며 그의 음색이 더 깊어졌음을 느꼈다.

두부를 데쳤다. 김치는 없다. 올리브유와 간장을 섞어서 소스를 만들었다. 꿀도 조금 넣었다. 젓가락을 꺼냈다. 아무리 그래도 두부는 숟가락, 젓가락으로 먹어야 제맛이다. 뽀얀 두부 위에 검은 간장 소스를 부었다. 심심한 그 맛에 적절한 짠맛과 단맛의 조화가 괜찮았다. 두부를 잘 먹고 있다. 잘 살고 있다. 아버지에게 말하고 싶다.

두부를 많이 좋아한다고……

마눠 덕분이다.

두부를 좋아하는, 그 프랑스인 덕분이다.

Manu

마뉘와의 만남

– 자기소개를 부탁할게요.

– 저는 엠마뉘엘 이브 베르나르 시아추아입니다. 나이는 42세이고, 아버지는 라오스 몽족[1]이셨고, 어머니는 브르타뉴 출신이셨습니다. 14년째 타티아나라는 여자와 동거를 하고 있어요. 우리 사이에는 11살이 된 딸이 있습니다. 저는 파리에서 태어나서 로레즈의 망드와 몽펠리에 그리고 코레즈에서 살았습니다. 클레르몽페랑에서 살게 된 지는 24년이 됐고요. 이제는 클레르몽페랑 사람이 다 된 것 같습니다만 마음속의 고향을 뽑으라면 코레즈입니다. 사실 오랫동안 코레즈에 대한 애착을 부정해 왔어요. 그곳은 정말 아무것도 없었거든요. 어떻게 해서라도 달아나고 싶다는 생각밖에 없었죠. 그렇지만 시간이 지나면서, 특히 요

---

1 중국 묘족의 한 집단으로, 라오스를 구성하는 3대 종족 중 하나다. 씨족 문화를 사회 기반으로하며, 몽족 고유의 언어와 달력을 사용한다.(두산백과 사전 참조)

즘은 제 마음이 자꾸만 그곳을 향하고 있네요. 이상한 일이죠.

저는 음악을 합니다. 여러 악기를 다뤄요. 먼저 기타를 배웠죠. 록과 70년대 팝 음악에 빠져서 15살, 16살 즈음에 기타를 치기 시작했고 대학에 가면서 정식으로 악기를 배우게 됐어요. 대학에서는 물리학과를 다녔는데 아무것도 하지 않았죠. 놀기만 했어요. 학교 강당의 옥상에서 바비큐 파티를 하고, 술을 마시고. 음악을 하기는 했지만 그건 어디까지나 취미일 뿐이었죠. 대신 그때부터 비주류 음악을 듣기 시작했어요. 예를 들면 앙쥬(ANGE)나 공(Gong) 같은 70년대 프로그레시브록 그룹들이요. 툴(Tool)이나 판테라(Panthera) 같은 메탈 그룹의 음악도 즐겨 들었죠. 그때 어머니가 말씀하셨어요. "네가 2학년 진급 시험에 붙으면 안식년을 갖는 것을 허락하마." 그 이야기를 듣고 생각했죠. 그렇게 해서 일 년 동안 기타만 배울 수 있다면? 결국 2학년 진급 시험을 붙었고, 1년 동안 안식년을 가지면서 음악학교 시험을 준비했어요. 그렇게 음악학교에 들어갈 수 있었죠.

– 음악학교에서는 어땠나요?

– 장피에르 비이에라는 선생님을 정말 좋아했어요. 그 분이 클레르몽페랑의 기타리스트들을 많이 가르치셨죠. 그 선생님이 가르친 기타리스트들끼리 지금도 서로 연락하며 지내요. 저는 3, 4년 동안 음악에 관한 모든 것들을 배웠죠. 여러 가지 수업이 있어요. 음악교육, 작곡, 평론, 클래식…… 그 덕분에 지금 연주를 하면서 작곡도 할 수 있게 됐고요. 음악을 배우면서 동시에 음악을 가르치기도 했어요. 생활비를 벌기 위해서 한 일이었지만 좋아하지는 않았죠. 음악학교의 분위기가 싫었어요. 학생일 때는 싫어도 배우고 싶었으니까 괜찮았는데, 가르치는 건 정말…… 음악학교에 다닐 때 '쿠나마카(Kunamaka)'라는 그룹을 결성했죠. 친구들과 만든 그룹이었는데 꽤 잘나갔어요. 공연을 많이 했죠. '페이스노모어'와 비슷한 음악을 했는데, 그러니까 마이크 패튼을 중심으로 록과 메탈, 랩을 조합했던 그들의 실험적인 음악을 따라 한 거죠. 스물다섯 살 때 즈음에는 '미스터 번글'의 음악을 많이 들었어요. 그때는 이미 비주류 음악에 빠져 있었죠. 저는 비주류 음악을 시작으로 주류 음악을 듣게 됐어요. 당연히 너바나, 시스템오브어다운 같은 밴드들의 음악을 거치긴 했죠. '쿠나마카'를 정말 열심히 했어요. 그리고 음악을 가르치는 일을 그만뒀죠. 밴

드 음악을 하면서 돈을 벌었고, 큰 공연장에서 기술자 혹은 안내원, 전단을 나눠 주는 일을 하면서 수입을 보충했거든요. 동시에 클레르몽페랑에서 하는 문화 행사 주변을 맴돌았어요. 그러다 보니 이 지역에서 하는 콘서트, 페스티벌에 기획자로서 참여할 수 있었고, 그 일들을 통해서 많은 것들을 배울 수 있었죠. 뮤지션이 아니라 기술자로서 조명도 음향도 만질 수 있게 됐고, 콘서트를 하는데 필요한 모든 기술적인, 행정적인 일들을 해봤던 것 같아요. 지금도 역시 밴드를 하고 있지만 필요하다면 기술팀으로 일하기도 해요. 어쨌든 제 분야에서 전문 직업인으로 인정을 받고 돈을 벌고 살고 있죠.

-'쿠나마카'는 어떻게 됐어요? 혹시 해체한 건가요?

- 네. 우리는 주로 클레르몽페랑에서 활동하는 밴드였어요. 여러 이유들로 기타리스트들이 자주 교체되기는 했지만 건반은 대체 불가였죠. 건반을 치는 친구가 드롬이라는 곳으로 이사를 가면서 왕복이 어려워졌어요. 8시간이 걸렸거든요. 결국 그게 문제가 됐죠. 그룹을 이끈 사람은 저였어요. 아티스트적인 모든 일은 함께했지만 프로젝트의 중심에는 제가 있었고, 행정적인 일부터 돈에 관련

된 일, 홍보에 관한 모든 일까지 제가 주로 맡아서 했죠. 어느 날 더 이상 하고 싶지 않아졌고, 제가 그 모든 일에서 손을 떼면서 자연스럽게 그룹도 끝이 났죠. 2012년에 '쿠나마카'는 해체를 했어요. '쿠나마카'는 그렇게 끝이 났지만 그렇다고 우리가 걸어온 길이 무의미하다고 생각하지는 않아요. 함께 3장의 앨범을 냈고 유럽과 러시아, 터키의 이스탄불 등 무수히 많은 공연장에서 공연을 했거든요. 지금에 와서 생각하면 부족한 부분이 너무 많았지만 많은 공연을 할 수 있었다는 것에 만족해요. 우리는 현대음악을 했고, 운이 좋게 현대음악을 살리기 위해 예산을 투자하겠다는 도시의 문화 정책과 맞물려서 많은 지원을 받았죠. 거기에 대해서는 하고 싶은 말이 많아요. 도시의 문화 예산을 몇몇 그룹에 지원하는 정책은 오랫동안 프랑스 음악 시장이 그들의 비즈니스를 위해 이용해 온 하나의 방식이었죠. 문화 예산을 음악을 소개하는데 쓰는 것은 좋은 일이지만 문제는 언제나 같은 사람들, 늘 같은 그룹들에만 기회가 돌아간다는 거예요. 그들이 잡지에 소개되고, 공연의 기회를 더 얻게 되고, 더 많이 노출되면서 어디서나 볼 수 있는 유명인사들이 되죠. 비주류의 음악을 하는 사람들을 주류로 끌어올리는 것은 결국 돈이에요. 투자를 받는 순간 이윤을 생각하지 않을 수 없죠. 이윤을 생각하면 비주류로 남을 수 없어요. 돈은 스타를 만들고, 스타는 돈을 버는 데 이용되고, 소비되고 소모되죠. 그렇게 돈은 돈을 벌지만 음악은 소모되어 버려요. 가난해지죠. 공연장에서, 거리에서, 미디어에서 늘 같은 유의 음악이 흐르는 게 이상하지 않나요? 세상에 얼마나 많은 음악이 있는데…… 우리는 음악의 풍부함을 누리지 못하고 있어요. 누릴 수 없죠. 그렇게 음악은 자신이 가진 힘들을 잃어가요. 그게 가난이 아닌가요? 음악은 가난해지고 있어요.

- 처음부터 그런 시스템이었을까요? 아니면 그렇게 되어버린 것일까요?

- 저는 처음부터 그랬다고 생각해요. 돈을 아는 사람들이 돈을 이용하기 편한 시스템을 만들었다고 생각하거든요. 세금을 이용해서 비즈니스를 하는 거죠. '쿠나마카'도 그 혜택을 받은 그룹이었죠. 그 안에서 성장했고요. 음반회사와 계약을 했고, 그들은 우리에게 많은 것들을 약속했어요. 우리도 들떠 있었고…… 음악적으로 아무것도 발전하지 못했다는 것을 깨달은 순간 꿈은 깨졌죠. 대형 기획사와 계약하는 친구들도 많이 봤어요. 꿈꾸던 뮤지션들과 함

께 공연하는 친구들도 있었고. 그렇지만 그들의 음악은 늘 제자리였어요. 결국은 음반 한두 장을 냈다가 반응이 없으면 버려졌죠. 물론 잘된 친구들도 있었지만 정말 소수에 불과해요. 그리고 그 성공이 얼마나 오래 지속됐는지를 묻는다면 그건 또 다른 문제고요.

– 그룹을 해체한 이후에 뭘 했어요?

– '쿠나마카'를 해체한 이후에 '프리아피즘'이라는 밴드에서 건반을 치던 벤과 함께 작업을 하게 됐어요. '쿠나마카'의 공연에 가끔 협연을 해 준 친구였죠. 무대 위에 파리 복장을 하고 나타나서 인간 파리가 되어 퍼포먼스를 하던 친구였는데, 어쨌든 우리는 금세 친해졌어요. 저는 그가 정말 대단한 뮤지션이라는 것을 알고 있었죠. 벤과 저는 함께 곡을 만들기 시작했어요. 그것이 지금 제가 몸담고 있는 그룹 '울트라주크(Ultra ZooK)'의 시작이었어요. 다섯 번째 곡을 완성했을 때 드럼을 구하기 시작했죠. 제가 '쿠나마카'에 속해 있을 때 알고 지내던 '카프카(Kafka)'라는 그룹이 있었어요. 함께 성장했고, 같은 시기에 음반을 냈던 그룹이었죠. 우리는 '카프카'의 드럼, 레미 파로에게 함께 음악을 하지 않겠냐고 제안을 했어요. 레미 역시 우리가 하는

음악에 큰 관심을 보였고, 우리가 만든 곡의 드럼 파트가 자신에게 꼭 맞는다고 생각했죠. 그렇게 레미가 우리와 함께하게 됐어요. 한편 그 시기에 '카프카'는 스위스의 아티스트 마크 보에르와 함께 '라쉬텍트(L'architecte)'라는 프로젝트 작업이 한창이었죠. 30분짜리 애니메이션 영상과 함께 공연을 하는 프로젝트였는데, 거기서 레미가 '성냥팔이 소녀' 애니메이션 영상의 작곡을 맡았어요. 레미와 제가 '울트라주크'로 함께 작업을 하고 있었고, '카프카' 역시 새로운 변화를 필요로 했기에 제가 합류하게 됐죠. '카프카'는 약 18년이 된 그룹이었고, 그때 즈음에 그들의 기타리스트가 막 그룹을 떠났거든요. 레미의 곡에는 세 명의 기타리스트가 필요했고, '카프카'에 남은 기타리스트는 두 명이었으니 자연스럽게 제가 들어가게 된 거죠. 그 이후부터 지금까지 저는 '울트라주크'와 '카프카'에 소속되어 있어요. 벌써 7년이 지났네요. 사실 이 두 그룹의 음악 스타일은 전혀 달라요. 서로 영향을 주는 부분이 없진 않지만 기본적으로 색이 매우 다르죠. '울트라주크'는 얼터너티브록을 하는 그룹이고, '카프카'는 포스트록에 가까워요. 이 두 그룹에 소속되어 바쁜 나날을 보내고 있지만, 음악으로, 음악을 하며 살 수 있어서 다행이라는 생각을 해요. '행복하다'는 표현보다 '다행이다'라는 표현이 더 적절한 것 같네요. 다행이죠……

– 음악에 대한 강렬했던 추억을 우리에게 나눠 줄 수 있을까요?

– 너무 많아요. 그렇지만 그중에서도 기억에 남는 것을 뽑자면 '쿠나마카'를 할 때, 부다페스트에서 열리는 '시겟 뮤직 페스티벌'에 초대를 받았을 때죠. 다뉴브강에 있는 섬에서 열리는 엄청난 규모의 뮤직 페스티벌인데 거기서 연주를 하게 됐어요. 일주일을 그곳에서 보냈죠. 저희에게는 꿈 같은 일이었고, 그 일주일을 생각하면 지금도 꿈을 꾸다가 깬 것 같아요. 또 다른 추억은, 이제는 희미한 기억이 됐는데, 제가 20살 때 포(Pau)에 사는 친구가 있었어요. 그 친구의 집에 자주 놀러 갔었죠. 6월이었어요. 포 근처의 어느 도시에서, 스페인과 바스크 지방의 경계에 있는 도시였는데 이름은 생각이 나지 않네요. 아무튼 그 도시에서 마녀 축제라고 불리는 축제가 열렸죠. 마녀가 살았다는 동굴에서 모두가 변장을 하고 함께 즐기는 축제였어요. 공연도 하고 술도 마시고, 환상적이었죠. 동굴에 작은 조명과 잔디밭이 있었어요. 밤에는 엄청나게 많은 별이 보였고요. 바위를

깎아서 만든 무대에서 공연이 시작됐죠. 거기에서 인더스트리얼 음악을 하는 타악기 연주가의 공연을 봤어요. 금속 막대 같은 것으로 뭔가를 두드리기만 해도 음악이 됐죠. 그 시절에는 그런 종류의 음악이 있다는 것을 몰랐으니까 저에게는 엄청난 충격이었어요. 너무 강렬했고, 마치 마법 같았죠. 지금도 그 그룹의 이름을 몰라요. 인터넷이 있기 전의 일이어서 찾을 수가 없었죠. 아무튼 그 공연이 저에게는 어떤 새로운 세계를 열어 준 것과 다름없었어요. 그 이후로 그런 유의 음악을 하는 공연을 무수히 봤지만 그때만큼의 전율은 아니었어요. 그건 딱 한 번이었죠.

- 오늘 함께 점심을 먹기로 했잖아요. 채식 요리를 준비해 주시겠다고 하셔서 기대하고 있어요. 마뉘, 당신은 베지테리언이시죠. 어떤 계기로 베지테리언이 됐는지 궁금해요.

- 저는 평범한 프랑스 가정에서 자랐어요. 그러니까 말하자면 고기를 사랑하면서…… 그래서 식사 때마다 소시지 아니면 고기를 먹었죠. 어렸을 때는 내장이나 간 이런 것들을 싫어했지만 소시지나 고기는 최고였죠. 방과 후 집에 돌아와서 간 요리 냄새를 맡으면 그건 최악이었고요. 차

려 준 것은 먹어야 했거든요. 다른 고기는 문제없었어요. 30년 정도 그렇게 살았죠. '쿠나마카'그룹을 할 때는 말 그대로 육식주의자였어요. 접시가 넘치도록 고기를 담아 주는 식당에서 밥을 즐겨 먹고는 했죠. 그런데 시간이 지나면서 점점 접시에 담긴 음식을 남기지 않고 끝까지 먹는 게 힘들어지더라고요. 육식에 질리기 시작했던 것 같아요. 음식에 대해 특별히 깊게 생각을 했던 것은 아니고, 예전보다 양이 줄었다고 느낀 정도였죠. 채식을 하겠다는 생각을 하지는 않았어요. 그건 제가 살아온 문화와는 너무 거리가 먼 이야기였으니까. 친구들도 고기를 좋아했고, 우리는 늘 많이 마시고 많이 먹었어요. 파티라고 하면 고기를 실컷 먹고 와인을 마셔야 했죠. 사실 지금도 크게 달라지진 않았어요. 단지 고기만 배제할 뿐이죠. 채식은 '울트라주크' 순회공연을 하면서 시작됐어요. 저희는 유럽과 프랑스의 얼터너티브록 밴드들을 많이 만났는데, 그들 중에는 동물의 복지와 과소비에 대해 성찰하는 사람들이 많았어요. 그 비주류 세계에서는 낭비와 과소비, 플라스틱 사용, 환경에 대한 문제들을 진지하게 생각하고 있었던 거죠. 거기에서 새로운 사회적 개념들을 알게 됐어요. 저에게는 매우 새로웠죠. 공동체 생활을 하고 함께 친환경 농사를 짓고 화학제품 소비를 최소화하는 그런 삶을 사는 사람들이 있다는 것이요. 그들 모두가 베지테리언은 아니었어요. 다만 동물들도 존중 받는 사회가 되어야 한다고 생각하는 사람들이었을 뿐. 아니, 모든 타인들을 향한 존중이 필요하다고 생각하는 사람들이었죠. 동성애 혐오, 인종차별을 거부하고 남녀평등을 외치고, 모든 차별을 거부하는 이들. 제가 15살 때를 생각해보면 동성애 혐오에 대한 인식이 정말 없었어요. 예를 들자면 친구들끼리 장난으로 '호모'라고 놀리기도 했죠. 이제는 농담으로도 그런 소리는 하지 않아요. 그들 중에는 비건 운동을 하는 사람들도 있었죠. 고기를 먹지 않는 것뿐만이 아니라 동물로 된 소재, 꿀 같은 것도 거부하는 사람들이요. 저는 고기를 먹지 않기로 결심했죠. 치즈는 여전히 먹어요. 유제품도요. 예전처럼 즐기는 편은 아니지만. 저만의 타협인 거죠. 치즈는 아직 양보하지 못했어요. 채식을 하면서 많은 요리법을 알게 됐어요. 요리를 하면서, 요리를 좋아하면서 모든 게 바뀌었죠. 먹지 못하는 것이 많아진 게 아니라 새로운 맛을 더 많이 알게 된 것 같아요. 저에게는 채식이 제한이 아니라 풍요예요. 타티아나 역시 고기를 좋아하지 않아서 커플의 삶에 문제가 될 것은 전혀 없었어요. 자연스럽게 채식을 하게 됐죠. 딸에게는 선택의 자유를 줬어요. 저희가 집에서 고기를 요리하지는 않지만 학교에서 혹은 밖에서 먹어도 된다고 했죠. 딸, 프륀이 결심하기까지 여러 달이 걸렸어요. 그리고 지금은 그 아이도 베지테리언이 됐죠. 고기를 먹지 않아요. 학교 식당에서도 마찬가지로 먹지 않죠. 아이가 선택한 거예요. 우리는 아이의 선택을 존중해요. 비건의 경우 비타민 B12가 부족할 수 있다고 하는데, 저는 유제품과 달걀을 먹고 있으니까 괜찮은 것 같아요. 채식을 하면서 가장 좋은 것은 몸과 정신이 가벼워졌다는 거예요. 채식한 지 6년이 됐고, 10kg 정도를 감량했죠. 다이어트를 한 것은 아니고, 원래의 몸을 되찾은 것 같아요. 불필요한 10kg이 저절로 빠진 거죠. 정신적인 것은 어떻게 설명해야 할지 모르겠는데, 고기를 먹고 나서 느꼈던 무겁고 불편한 느낌이 사라졌어요. 원래 공격적인 성향은 아니지만 조금 더 차분해진 것 같고요. 채식에 대해 재미있는 일화가 있어요. 타티아나와 카자흐스탄으로 여행을 갔었는데, 그곳에서 전통 천막집, 유르트에 사는 유목민들을 만났죠. 그들은 야채를 경작할 수 없어요. 쌀은 있지만 채소는 없죠. 그렇기 때문에 고기를 먹어요. 어느 날, 고산지대에 올라가서 한 유목민 가족을 만나게 됐고 그들과 함께 식당에 갔죠. 우리는 고기를 먹지 않는다고 말했고, 그 가족의 어머니가 아이에게 '이분들은 고기를 먹지 않으셔'라고 말했죠. 그 말을 들은 아이의 표정을 잊을 수가 없어요. 눈을 동그랗게 뜨고 저희를 외계인처럼 바라봤죠. 그 아이에게는 고기를 먹지 않는다는 것은 죽는다는 이야기였을 테니까. 베지테리언이 되면서 알게 된 것 중 가장 좋은 것은 두부예요. 프랑스에서 파는 두부는 맛이 없거든요. 그런데 라오스에서 진짜 맛있는 두부를 알게 됐어요. 그렇게 맛있는 음식인 줄 모르고 있었던 게 억울할 정도였죠.

– 프랑스에서 베지테리언으로 사는 것이 불편하지는 않아요?

– 네. 불편함을 느끼지는 않아요. 어디를 가도 먹을 게 있으니까. 프랑스 전통 식당에서도 채식 요리는 하나쯤 있잖아요. 어떤 친구는 '채식을 하면 도대체 뭘 먹어?' 하고 묻기도 하죠. 그런데 사실 어디서도 먹을 수 있어요. 다만 식당마다 채식 메뉴라고 하면 한 가지 정도밖에 없다는 게 아쉽죠. 채식 요리에 대한 창의성이 떨어진다고 생각해요. 누군가의 집에 초대를 받았을 때는 처음은 조금 불편했지만 이젠 괜찮아요. 모두가 존중해주죠. 내가 베지테리언이라고 해서 나를 싫어하는 사람은 아무도 없어요. 사람들을

불편하게 할까 봐 고민했던 것은 저의 괜한 걱정이었죠. 어머니께서는 저 때문에 베지테리언이 되셨어요. 그래서 가족 모임은 편해요.

- 두부 이야기를 하면서 라오스에 다녀오셨다고 했잖아요. 라오스 여행 이야기를 듣고 싶어요.

- 타티아나가 안식년을 갖고 싶어 했어요. 솔직히 저는 그럴 마음이 없었죠. 뮤지션이라는 직업이 그렇잖아요. 일 년을 쉬면 다시 일을 할 수 있다는 보장도 없고, 두려운 일이죠. 다시 음악을 할 수 없을지도 모른다고 생각하면 일 년은 너무 긴 휴식이기도 하고요. 무서웠어요. 그렇지만 타티아나가 원했고, 그래서 떠나기 일 년 전부터 차근차근 준비를 했어요. '카프카'와 '울트라주크'도 다행히 큰 공연이나 음반 계획이 없어서 일 년 동안 작은 공연을 할 때마다 저를 대신해 연주할 사람을 구했고, 결과적으로 문제없이 잘 지나갔죠. 결심하기까지 많은 시간이 필요했지만, 일단 떠나고 나니 너무 좋았어요. 처음에는 프랑스령의 섬으로 가려고 했다가 다시 딸을 위해서 영어를 쓰는 나라로 가도 좋겠다고 생각했고, 그러다가 어느 날 갑자기 라오스를 떠올렸죠. 아버지가 살아 계셨을 때 함께 갈 수 없었던 곳, 라

오스요.

– 왜 아버지와 함께 갈 수 없었어요?

– 아버지는 60년대에 프랑스로 유학을 오셨어요. 장학금을 받으셨죠. 모두가 받을 수 있었던 것은 아니었어요. 학교 성적이 좋으셨고, 입양된 가정이 부자였기에 가능했었죠. 아버지의 부모님들은 18살 때 돌아가셨다고 해요. 아버지가 태어나자마자 돌아가신 거죠. 아버지의 아버지는 게릴라전에서 돌아가셨고, 어떤 환경이었는지 저도 잘 모르지만 이미 그 시절 미국인들이 그곳에 있었다고 해요. 미국인들과 공산주의자들 사이에 대립이 있었던 거죠. 라오스는 폭탄을 가장 많이 맞은 나라 중에 하나로, 그 당시 완전히 폐허 상태였죠. 어쨌든 저는 조부모님들이 어떻게 돌아가셨는지 제대로 들어보지 못했어요. 아버지는 큰아버지에게 입양이 되셨죠. 큰아버지는 라오스의 행정 공무원이셨는데 직위가 꽤 높으셨었다고 들었어요. 그렇기 때문에 외국으로 유학을 갈 수 있었던 거죠. 아버지는 1970년에 프랑스에 오셨어요. 라오스에서 공산주의 혁명이 일어났죠. 아버지는 고국으로 돌아가는 것과 프랑스에 남는 것 중, 프랑스에 남는 것을 택하셨어요. 망명을 하신 거죠.

2009년에 아버지가 돌아가셨어요. 살아 계시는 동안 절대로 그곳에 돌아갈 수 없다고 생각하셨죠. 몽족들은 모두 핍박을 받았으니까. 게다가 돌아가지 않으셨기 때문에 배신자 취급을 받았고요. 프랑스에 있는 모든 몽족들은 절대 돌아갈 수 없으리라 생각하며 살았다고 해요. 2000년대 중반즈음이었을 거예요. 라오스 정부가 조금씩 문을 열고 있다는 이야기가 들려왔어요. 어떤 몽족은 정부에게 용서를 받기도 했고요. 그렇지만 안타깝게도 아버지는 라오스에 돌아가지 못하신 채 눈을 감으셨어요. 18살에 라오스를 떠나 한 번도 고향에 돌아가지 못하신 거죠. 타티아나가 라오스 이야기를 꺼냈을 때 그곳으로 떠나는 것이 너무 당연하게 느껴졌어요. 결국 우리는 라오스로 떠났죠. 여행을 준비하면서, 아는 사람이 아무도 없어도 어디든 떠날 수 있도록, 어디를 가더라도 그곳의 생활에 적응할 수 있도록 우리의 생활방식에 대해 다시 생각해 봐야 했어요. 그런 과정이 정말 좋았던 것 같아요. 우리의 삶을 다른 각도로 바라볼 수 있었으니까.

여행을 준비하면서 라오스에 아직도 친척이 남아 있다는 사실을 알게 됐죠. 아버지를 돌보셨던, 80세가 된 큰아버지와 큰어머니요. 그분들은 아버지를 잘 알고 계셨어요.

아버지가 베트남의 북부 지방에서 학교에 다닐 때, 큰아버지와 큰어머니가 입양을 해서 친자식처럼 돌봐 주셨죠. 그분들에게서 아버지에 대한 이야기를 많이 들었어요. 아버지의 삶을 다시 알아가는 기분이었죠. 정확하지는 않지만 아버지의 생년월일이 손글씨로 적힌 자료도 구할 수 있었어요. 아버지의 프랑스 신분증에는 1948년 2월 10일생으로 되어 있었는데, 제가 구한 자료에는 그게 아니더군요. 아버지는 그보다 3년 전에 태어나셨어요. 큰아버지는 종이에 적힌 날짜가 맞다고 확신하셨죠. 그렇다면 신분증을 만들 때 아버지가 직접 그 날짜를 정하셨다는 말인데, 재미있는 건 제가 2월 10일에 태어났거든요. 아버지가 왜 2월 10일을 고르셨는지 모르겠지만, 2월 10일은 제 생일이기도 해요. 이런 우연들이 웃기지 않나요? 큰아버지가 주신 자료 덕분에 우리는 아버지의 고향과 아버지가 다녔던 학교를 방문할 수 있었어요. 아버지의 고향은 라오스 북동부의 폰사반이란 곳이었는데, 그곳은 관광지와 거리가 먼 곳이에요. 게스트하우스가 몇 개 있기는 하지만 국경을 지나는 상인들을 위한 곳이었죠. 우리는 그곳에 갔어요. 먼저 경찰이 우리를 찾아와서 방문 목적을 묻더군요. 적대적인 태도는 아니었어요. 호기심으로 묻는 것 같았죠. 누가 봐도 외부인이었으니까. 우리는 아버지의 고향을 찾아왔다고 말했고, 경찰은 그곳까지 여행객이 찾아왔다는 사실에 매우 놀라워했어요.

마을에 들어가려면 여러 명이 함께 타는 택시를 타야 했어요. 그것도 중간에 내려야 했기 때문에 6, 7km는 걸어서 들어가야 했죠. 그 길을 걸으며 아버지가 어렸을 때, 이 길을 걸었겠구나 생각했어요. 그 순간 어린 아버지를 한 번만 다시 만나고 싶었죠. 만난다면 꼭 안아 주고 싶었어요. 그렇게 먼 길을 걸어오신 거잖아요. 프랑스까지…… 아버지의 인생을 제가 다시 걷는 기분이었죠. 마을에 도착하니 그곳에는 전기가 없더라고요. 집들은 나무와 대나무로 된 전통 가옥이었는데 불을 지펴서 음식을 하고, 냉장고는 당연히 없었죠. 고기는 밖에 펼쳐 놓아요. 파리들이 꼬이면 먹을 수 있다는 뜻이죠. 두부도 물이 있는 커다란 상자 같은 것에 담겨 있었어요. 냉장고가 없으니까 모든 음식은 그 자리에서 바로 먹어야 했죠. 마을의 어른이 우리를 맞이해 주셨어요. 90세 정도 된 할아버지였는데, 의사소통하는데 정말 애를 먹었죠. 우리가 라오스 언어를 배웠다고 해도 힘들었을 거예요. 대화가 되지 않으니까 그 어르신이 우리를 영어를 할 줄 아는 마을 사람에게 데려다주셨어요. 아무것도 먹지 못했다고 하니까 오이와 복숭아 같은 것도 주셨죠. 그렇게 어르신을 따라 영어를 할 줄 아는 사람을 만나러 갔는데 그 사람이 없더라고요. 그렇지만 다행히 옆 동네 큰 마을에 산다는 그분의 누님이 오셨어요. 영어를 제법 잘하셨죠. 그 누님이 동생은 영어를 전혀 못 한다고 자신이 도와주겠다고 말씀하셨어요. 우리는 아버지의 아버지가 어떻게 돌아가셨는지 물었지만 그분들은 말하고 싶어 하지 않는 눈치였어요. 아무것도 기억이 나지 않는다고 하셨죠. 마을의 어르신이 아버지의 아버지와 비슷한 나이였는데, 분명 기억나는 게 있으실 텐데, 마을에서 18살 청년이 죽었으면 그런 일들은 기억에 남는 거잖아요. 이상했죠. 그렇지만 그곳에 사건을 수사하러 간 것은 아니니까 더는 캐묻지 않았어요. 마을의 어르신은 당신의 집으로 우리를 초대해 주셨어요. 맥주를 주셨죠. 전통 가옥에 사셨는데 지붕이 나무판자로 되어 있어서 집안에서 나무판자 사이로 해가 뜨는 모습이 보였어요. 가옥 한가운데에는 불이 있었고 구석에는 이불이 있었죠. 매트리스도 없고 돗자리가 전부였어요. 옆방에는 아이들이 살았어요. 바닥은 그냥 흙이었죠. 우리는 돌기둥 같은 곳에 앉았어요. 맥주는 미지근했죠. 파이프 담배도 권해 주셨어요. 그때 그곳의 느낌들을 잊을 수 없어요. 따뜻했죠. 놀라울 정도로.

– 앞으로의 계획을 물어도 될까요? 음악은 계속하시겠지만, 또 여행을 떠날 계획이 있거나……

– 네. 사실 타티아나와 준비하고 있는 게 있어요. 타티아나는 심리학을 전공했는데 35살 때 즈음에 간호사가 됐죠. 그녀는 클레르몽페랑의 생마리 정신병원에서 오래 근무를 하면서 그 병원의 정책이 자신과 맞지 않는다는 사실을 깨닫게 됐어요. 특히 12살이 된 아이를 격리시켜야 하는 일을 너무 힘들어했죠. 그런 방법들이 아이에게 엄청난 트라우마로 남는다는 것을 잘 알고 있으니까. 타티아나는 치료를 목적으로 사람을 격리시키는 방법에 대해 찬성하지 않아요. 보통은 근무 인원이 모자랄 때 그런 방법을 쓴다고 하더군요. 병원이 재정적인 이유로 사람들을 해고하고, 그렇기 때문에 인력이 모자라고 진료의 질이 떨어지게 된 거죠. 국민 건강보험은 적자를 메꾸기에 바쁘고, 병원 서비스의 질은 계속 떨어져요. 국민의 건강이 달린 문제를 어떻게 경제적인 관점에서만 볼 수 있겠어요! 절약할 수 있는 부분이 아니라고 생각해요. 어쨌든 타티아나는 병원을 떠나기로 했어요. 지금은 환자들을 정성으로 돌볼 수 있는 기관을

만들겠다는 계획을 세우고 있죠. 정신적인 질환을 앓고 있지만 모두 얼굴과 감정이 있는 사람들인데, 그들을 돌보는 데 충분한 시간과 정성과 노력을 들여야 한다는 신념을 갖고 있거든요. 씻는데 7분이 주어지고 저녁 6시가 되면 자야 하고, 그건 사람에게 할 수 있는 대접이 아니에요. 요양원도 마찬가지죠. 저에게는 충격이었어요. 죽어가는 노인들을 몰아넣고 함부로 대하는 곳이 많거든요. 그녀는 그런 사람들을 위한 곳을 준비하고 있어요. 저 역시 그녀의 프로젝트를 돕고 있고요. 그들에게도 문화는 필요하니까. 많은 사람들을 돌볼 수는 없지만 스무 명 남짓한 사람들을 돌보면서, 정성스러운 요리와 다양한 문화 활동을 함께 제공하려고 해요. 처음에는 5, 6개의 독립된 방으로 시작해서 점차 늘려나갈 계획이고, 이 공간에 비영리 카페를 만들고 해마다 문화 활동과 행사들을 실행할 거예요. 현재 이 모든 계획들이 구체적으로 진행되고 있죠. 2년 후에는 실현될 것 같아요.

– 그때 우리가 다시 만난다면, 당신들의 이야기를 다시 한 번 들려 주시겠어요?

– 물론이죠. 꼭 다시 만나서 이야기해요. 지금보다 더 많

은 이야기를 나눌 수 있을 거예요.

아주 작은, 다만 우아한

아니 에르노의 사진의 용도를 번역하던 시기에 퀴퀴를 만났다. '본명이 퀴퀴입니까?'라고 묻자 그녀는 큰 소리로 웃었고, '퀴퀴가 무슨 뜻인 줄 알아요?'라는 그녀의 되물음에 나는 살짝 얼굴을 붉혔다. 그렇지, 아무렴 사람 이름을 '짹짹'이라고 지었을 리는 없지. 그날 그녀가 자신의 본명을 소개했던가, 잘 기억이 나지 않는다. '퀴퀴', 그러니까 '짹짹'이라는 이름이 잘 어울리는 사람이라고 생각했다. 깡마른 몸, 가위를 들고 뛰어다니던 조금은 부산스러운 몸짓, 쉼표 없이 쏟아내는 말들, 머리에서 발끝까지 그녀가 휘감고 있던 컬러들, 아무도 진짜 이름을 물어주는 이 없는 그저 새 한 마리, 퀴퀴.

퀴퀴는 옷을 만든다. 어디에서나, 누구나 다 입는 옷이 아니라 극장에서, 무대에서 배우들이 입는 옷을 만든다. 퀴퀴는 자신이 하는 일이 예술이 아니라 기술이라고 말하지만, 퀴퀴의 모든 의상에는 퀴퀴의 영혼이 담겨 있다. 퀴퀴를 아는 사람이라면 알아볼 수 있는 터무니없는 정성스러움. 모자 위에 달린 깃털 장식, 소매 끝의 레이스, 정교하게 잡힌 주름, 그렇게 사소한 곳에, 용도를 말할 수 없는 곳에 퀴퀴의 영혼은 작은 몸을 더 작게 웅크리고 걸터앉아 있다. 아무도 모르지만 어느 귀퉁이에 다만 우아하게 존재하는 그것들은 분명 퀴퀴의 가장 가볍고 가장 진실한 무엇이다.

퀴퀴와 함께 작업을 했던 M에 의하면, 그녀는 어느 연출가와 함께 일할 때도 '퀴퀴스러움'을 절대 포기하지 않는다고 한다. 그것이 리본이 됐든, 주름이 됐든, 깃털이 됐든, 퀴퀴스러운 무엇 하나를 반드시 숨겨 놓는다고…… 비록 눈에 띄지 않을지라도. 나는 그의 말을 듣고 그런 그녀의 작업 방식이 누가 더 큰 목소리를 내는지, 누가 더 힘이 센 지를 겨뤄야 하는 '무대'라는 전쟁터에서 가장 작은 존재가 살아남는 방법이 아니었을까 생각했다. 그러니까 자신이 가진 열 가지 것 중에 적어도 하나는 포기하지 않는 것, 아무도 몰라도 내가 아는 것, 내 것이 무엇인지 내가 아는 것.

퀴퀴와의 추억을 생각하면 막 시작된 가을과 그녀의 몸을 덮을 정도로 커다란 잎이 떨어졌던 나무, 떫었던 와인 그리고 아니 에르노가 떠오른다. 우리는 젊은이들이 가득한 광장에서 만나 가끔 와인을 마셨고, 아니 에르노, 정확히 말하자면 아니 에르노와 퀴퀴가 비슷한 시기에 동시에 앓았던 병, 유방암을 소재로 하는 이야기들을 나누곤 했다. 나는 퀴퀴를 만날 때마다 60세를 훌쩍 넘긴 여자가 되어 그녀들의 세월에, 그녀들이 잃어버린 가슴에 찌르르한 통증을 느끼고는 했다. 우리는 두꺼운 스웨터가 감춘 병의 흔적을, 흡연의 여부와 주중 음주의 횟수를 물어가며 암세포가 자라게 된 원인을 밝히고자 했고, 이런저런 이유에도 불구하고 신체의 일부를 잘라내야 할 정도로 몸을 망치는 일을 한 적이 없다는 결론에 이르게 되면, 어쩔 수 없이 '체르노빌 피폭' 사건이라는 공공의 적을 핑계 삼았다. 그러니까 체르노빌 원전 사고가 났을 때, 방사능 구름이 그녀들의 머리 위를 지나간 것이라고, 그것이 그녀들의 가슴을 앗아간 것이라고……

언젠가 퀴퀴의 발끝에 아슬아슬하게 걸려 있던 뮬(슬리퍼 형식의 신발)을 기억한다. 앞이 뾰족하고, 약간의 굽이 있던 흰색 뮬. 나는 그 신발을 보자마자 아니 에르노의 '사진의 용도'에서 엿보았던 내밀한 장면들을 떠올렸고, 그것이 퀴퀴의 발에서 '툭'하고 떨어지는 순간 나도 모르게 눈을 질끈 감아버렸다. 아니 에르노의 글 속에 존재하던 죽음의 그림자, 그런 것이 우리에게 드리워지는 게 두려웠었는지도 모르겠다. 퀴퀴와 아니 에르노 사이에 접점이라고 할 만한 것은 비슷한 시대에 태어나 유방암에 걸렸다는 것이 전부라고 하지만, 매우 솔직하게 자신의 경험을 공유한다는 점만으로도 내게 퀴퀴는 '사진의 용도' 속 글자와 감각으로만 떠다니던 '아니 에르노'의 형체가 되기에 충분했다. 왜 그토록 그 글자들을 만지고 느끼고 싶어 했는지 지금도 이해할 수 없지만, 굳이 핑계를 대자면 죽음 때문이 아니었을까. 죽음의 가능성이 존재하는 그 글 속에 묻히지 않게 나를 구원해 줄 어떤 것, 글보다 더 구체적인, 사람이라는 문학이 필요했던 것은 아니었는지……

한 계절이 갔다. 사진의 용도 번역이 끝났고 나무는 벌거숭이가 됐고, 그즈음 M이 연출을 하고 퀴퀴가 의상을 맡았던 공연도 끝이 났다. 내가 그녀에게 입힌 '아니 에르노'의 형상도 시간이 흐르며 서서히 힘을 잃어갔다. 아니 에르노의 다른 작품들을 연달아 번역했지만 '사진의 용도'만큼 그녀의 문장들의 형체를 현실에서 찾아 헤매야 할 필요성을 느끼지는 못했다. 퀴퀴는 추운 계절이 오면 친구가 있는 튀니지로 떠나겠다고 했고, 친구의 빌라에서 엽서 한 통을 보내겠노라고 약속했지만 몇 개월이 지나도 튀니지에서 날아온 엽서는 없었다. 그렇게 한철 강렬하게 찾아왔던 만남은 자연스레 멀어졌다. 서운하지 않았다. 서운할 틈이 없었다. 삶은 내 손목을 부여잡고 정신없이 어딘가를 향해 달렸다. 생각해 보면 내가 아니라 삶이 주체가 되어 나를 살아버렸던 것이 아닌가 싶다. 그리고 그런 시기에는 언제나 그렇듯이 나는 사람들을 잃었다. 전화 한 통, 문자 몇 통, 사람과 사람 사이를 근근이 이어주는 그 가느다란 줄이 너무 버겁고 무거워서.

몇 달이 지나도록 퀴퀴에 대한 소식은 듣지 못했다. 묻는 이 하나 없었다고 말하고 싶지만, 누군가 물었는데 '몰라, 연락이 없네'라고 흘려버렸던 것도 같다. 계절이 두 번 더 바뀌었고 여름이 다가오면서 M은 올해 마지막 공연을, 나는 아니 에르노의 또 다른 책의 번역을 끝냈다. 그사이 우리는 많은 것들을 결심하고 계획했다. 프랑스를 아주 떠나기로 했고 집을 내놓았다. 떠나기 전에 만나야 할 수많은 사람들 중에 퀴퀴는 없었다.

유례없는 폭염이 찾아온 날 퀴퀴에게서 연락이 왔다. 벌겋게 익은 얼굴로 전화기를 들고 있던 M의 얼굴이 순식간에 어두워졌다. 그는 퀴퀴가 병원에 입원했으니 문병을 가자고 말했다. 어디가 아프냐는 물음에 그는 '신장암'이라고 대답했다.

그다음에 우리가 어떤 대화를 나눴는지 잘 기억이 나지 않는다. 상투적인 걱정을 늘어놓았겠지만, 어쨌든 나의 마음은 억울함에 가까웠다. 왜 또 그녀가 그런 몹쓸 병에 시달려야 하는지, 또 한 번 체르노빌 피복 탓을 해야 하는 것인지 아니면 정말 공정하지도 않고 정의롭지도 않은 어떤 존재가 장난을 치고 있는 것인지. 어쨌든 이번만큼은 조금 억울하다고, 슬프기보다 억울한 일이라고, 그러니 고개를 숙이고 울지 말고 이겨버렸으면 좋겠다고, 그것이 체르노빌이든, 공정하지도 정의롭지도 않은 어떤 존재든 간에, 그게 무엇이든 퀴퀴가 이겼으면 좋겠다고 생각했다. 기왕이면 퀴퀴답게 레이스로, 주름으로, 깃털로, 지극히 작은 퀴퀴스러움으로.

병원에서 만난 퀴퀴는 여름을 등지고 누워 있었다. 40도가 넘는 바깥의 온도를 모르고 퀴퀴의 어깨를 덮은 카디건은 어쩐지 무겁게 느껴졌다. 퀴퀴는 수술을 무사히 마쳤다고 했다. 병원에서 스테이크를 주면서 와인을 주지 않는다고 불평도 했다. 우리는 퀴퀴에게 인터뷰를 부탁했다. 계획된 것은 아니었지만 침대에 누워 있는 퀴퀴를 보며 퀴퀴의 삶을 기록하고 싶다는 마음이 찾아왔기 때문이다. 연민 때문은 아니었다. 차라리 욕심이라고 하자. 커다란 나뭇잎이 지던 어느 날에 작은 존재들이 나눴던 것들, 잃어버린 가슴과 아니 에르노, 그런 것들을 여기 붙잡아 두고 싶은 마음이라고 하면 이 인터뷰의 동기가 될까. 어쨌든 그런 이유들을 설명할 필요도 없이 퀴퀴는 흔쾌히 허락해 주었다. 물론 공짜는 아니었다. 우리는 그녀가 좋아하는 프로세코(이탈리아 스파클링 와인)를 사기로 했다. 술을 마셔도 되냐는 물음에 그녀는 내일 사신이 와서 자신을 데려가도 샴페인은 한잔하고 떠나겠다고 대답했다. 나는 언젠가 퀴퀴가 사신을 만나 그의 검은 옷에 레이스를 달아 주는 모습을 상상했다. 그것은 아니 에르노가 이태리의 수도원에서 브래지어를 던져버렸던 것만큼 유머러스하고 통쾌한 장면이 될 것 같았다. 퀴퀴가 만든 레이스를 소매 끝에 달고 죽은 사람들을 찾아다니는 사신은 조금 더 우아하지 않을까.

우리는 퇴원 후에 인터뷰를 하기로 약속했다. 퀴퀴는 광장의 카페에서 예쁜 원피스를 입고, 화장을 하고, 매니큐어와 페디큐어, 머리에서부터 발끝까지 완벽하게 갖춘 후에 인터뷰를 하고 싶다고 했다.(폭염과 퀴퀴의 건강상의 이유로 결국 인터뷰는 퀴퀴의 집에서 이뤄졌다.) 아픈 사람처럼 보이는 것보다 슬퍼 보이는 것은 싫다는 퀴퀴의 말에, 나는 그녀가 행간의 의미를 걱정하고 있다는 사실을 눈치챘음에도 그럴 일은 없다고 자신 있게 대답해 주지 못했다. 행간의 의미를 적지 않아도 그것이 읽히는 것은 어쩔 수 없는 것이기에, 사람들은 결국 행간의 의미를 읽고 말 테니까. 다만 기록할 뿐이라는 무책임한 대답 외에 무슨 말을 더 할 수 있었을까.

퀴퀴는 나의 무능력함을 아는지 모르는지 한껏 들뜬 얼굴로 우리에게 무슨 옷을 입어야 하는지 물었다. 하얀 원피스가 좋을지, 파란 원피스가 좋을지, 립스틱 색깔은 무엇이 어울릴지, 병원에 입원해 있는 동안 머리가 너무 길어버린 것은 아닌지……

있는 그대로이면 좋겠다는 M에게 퀴퀴는 눈을 동그랗게 뜨고 힘주어 말했다.

"화장한 얼굴은 거짓이 아니야. 더욱더 나 자신을 나답

게 만드는 노력이자 성의라고."

나는 퀴퀴의 말을 들으며 고개를 끄덕일 수밖에 없었다. 퀴퀴가 입은 옷이나 립스틱 색깔, 매니큐어 같은 것이야말로 퀴퀴스러운 것이니까. 거기에 퀴퀴의 마음이 담겨 있다면, 영혼이 있다면, 그것이 퀴퀴이지 않을까. 그렇다면 이번만큼은 그녀가 가진 것을 이곳에, 하나가 아니라 열 개 모두 다 담아내고 싶다고 생각했다. 비록 몇 페이지의 글일 뿐이지만 그 작은 사람 하나로 가득 채워진 무대가 됐으면 좋겠다고, 그리하여 이번만큼은 무책임하지 않은 글을 쓰고 싶다고……

비록 다짐이 전부인 여기, 이 힘 없는 글 속에 퀴퀴의 세상을 담아본다.

아주 작은, 다만 우아한.

Cuicui

퀴퀴와의 만남

– 인터뷰를 시작하기 전에 자기소개를 부탁할게요.

– 저는 안느-마리 마니에입니다. 65세이고요. 키가 1m 50에 몸무게가 42kg이에요. 오랫동안 38kg이었는데 요즘 살이 조금 쪄서 기분이 좋아요. 저는 평생 이름이 아니라 별명으로 불렸어요. 어렸을 때는 나네트라고 불렸는데, 안느 마리를 줄인 애칭이죠. 가게에서 일했을 때는 오이풀이라고 불렸네요. 오이풀이 저처럼 생기가 넘치는 식물이거든요. 공연 쪽의 일을 하면서 퀴퀴(짹짹)가 됐어요. 이제는 모두가 저를 퀴퀴라고 불러서 퀴퀴가 진짜 이름 같이 느껴져요. '퀴퀴'라는 별명을 얻게 된 것은 일단 '참새'라는 이름의 마을에서 살았기 때문이고, 또 제가 새처럼 늘 알록달록한 옷을 입고 다녔기 때문이에요. 심지어 집도 알록달록했죠. 또 작업을 할 때 색깔이 있는 천을 사용하는 것을 좋아했어요. 예전에 저희 할아버지가 화가이셨는데 색깔을

많이 사용하셨거든요. 저 역시 저만의 방식으로 색깔을 사용하는 법을 알게 됐고, 그게 바로 천이었던 거죠. 그래서 저희 집은 늘 알록달록해요. 모든 것에 색깔을 입히죠. 색깔을 입혀야 비로소 생기가 생기는 것 같아요.

– 최근에 건강이 좋지 않으셨다고 들었는데 요즘은 좀 어떠세요?

– 건강이 크게 좋아졌다고 말할 수는 없지만 기분은 한결 나아졌어요. 좋은 기분을 유지하려고 애쓰고 있고요. 저는 52세에 유방암을 앓았어요. 한참 무대 의상 디자이너로 일을 할 때였죠. 그리고 퇴직을 한 지금 다시 신장암에 걸렸네요. 13년 동안에 벌써 두 번의 암 수술을 겪었죠. 그 정도 기록이면 나쁘지 않죠? 살아남았다는 것은 더 나쁘지 않고요. 다음 암에 걸릴 때까지는 괜찮은 기분을 유지할 수 있을 것 같아요. 내 직감이 그렇다고 말하고 있어요. 저는 직감에 의지하는 사람이거든요. 꿈이 말해 주죠. 어떤 꿈들은 저에게 메시지를 전달하고는 해요. 신장암도 그랬어요. 회색 쥐가 붉은색 고양이의 목을 자르는 꿈을 꿨죠. 평소에 안 좋은 일을 겪을 때는 늘 거미 꿈을 꿨어요. 신발을 신고 거미를 밟아 죽이면 문제가 해결됐고요. 그런데 이번에는

진짜 피가 흐르는 동물이었죠. 꿈속에서 칼을 찾았어요. 칼을 쥐고 쥐를 죽였죠. 저는 가위를 드는 사람이지 칼을 드는 사람이 아니니까 그 꿈이 무언가 의미하는 바가 있다고 생각했어요. 신장암에 걸렸다는 사실을 알았을 때, 그 꿈이 떠올랐죠. 그 꿈이 말하려고 한 것이 바로 이것이라고. 그래서 신장을 제거하기로 결심했어요. 위험하다는 것은 알고 있었죠. 신장 한가운데에 있는 3cm 종양을 제거하는 일이 쉬운 일은 아니니까. 처음에는 좌골 신경통인 줄 알았어요. 어느 날 아침에 통증이 찾아왔죠. 두 시간을 굴러다녔어요. 고통 때문에 기절한 날도 있었고요. 그렇게 여러 달을 보냈죠. 담당 의사는 좌골 신경통이라고 진단을 내리고 따로 검사를 하지 않아도 된다고 주장했어요. 그렇지만 통증은 계속됐고 결국 다른 의사를 보러 갔죠. MRI를 찍고 결과를 보러 갔더니 조금만 늦었으면 큰일 날 뻔했다고 말하더군요. 그렇지만 수술을 잘 받았고 종양을 성공적으로 제거했어요. 48시간 모르핀을 투여한 상태로 있었죠. 신경안정제 같은 것은 먹지도 않았어요. 아무것도 필요하지 않았죠. 어떻게 들릴지 모르겠지만, 저는 죽을 때가 되면 그냥 죽겠다는 생각이에요. 살면서 해야 할 일, 하고 싶은 일은 대충 다 한 것 같아요. 벌벌 떨면서 죽고 싶지는 않아요. 치료할 수 있을 때까지는 치료를 하고, 아니면 어쩔 수 없죠. 물론 마크롱을 생각하면 오래 살아야 하겠지만, 오래오래 노후 연금을 받아내면서 복지제도를 최대한 없애려고 하는 우리 대통령을 약 올리고 싶거든요.

– 국민의 생명을 연장시키는 대통령이라니, 마크롱이 큰일을 해냈네요. 농담이에요, 퀴퀴. 실례가 되는 질문이 될지도 모르겠지만, 암이라는 사실을 알았을 때 어떤 기분이셨는지 궁금해요. 저라면 너무 두려웠을 것 같아요. 어떤 고통인지 누구보다 잘 알고 있기에 더 무서울 수 있잖아요.

– 무섭다기보다는 그냥 재수도 더럽게 없다고 생각했어요. 곧바로 꿈이 떠오르더군요. 빨리 해결해야 한다고 생각했기에 절망할 시간은 없었어요. 곧 무더위가 찾아올 것이고, 대학병원에 파업이 시작될지도 모르는 상황이었으니까. 다행히 수술 날짜를 빨리 잡을 수 있었어요. 사실 입원해 있는 동안 체중이 2kg 늘었어요. 먹고 자고 먹고 자고 하다 보니 금세 살이 붙은 것 같아요. 평소에는 많이 움직이는 편이거든요. 단 음식도 잘 먹지 않고. 이제는 조금 더 조심해서 움직여야 한다는 것을 알고 있어요. 스트레스도 받지 말아야 하고. 그래도 요즘은 스트레스가 없어요. 편안한

것 같아요. 추측이기는 하지만 저는 이 암세포가 생겨난 것이 2년 전이었을 것이라 생각해요. 2년 전에 제가 좋아했던 사람이 세상을 떠났거든요. 나이가 많으셨고 장애를 가지신 분이셔서 몇 년 동안 그 사람을 돌보며 지냈죠. 그를 돌보는 일은 어렵지 않았어요. 다만 그 사람들의 가족이 저를 힘들게 했을 뿐이죠. 그들은 저를 인정하지 않았거든요. 그가 세상을 떠나고 그와 제가 함께 살던 집에서 쫓겨나다시피 나와야 했어요. 혼인 신고나 동거인 신고를 하지 않았기 때문에 우리가 살았던 집이 법적으로 그의 자식들 것이 됐거든요 저는 완전히 남이었으니까. 너무 힘들었죠. 무엇보다 저의 많은 부분을 내어 줬던 사람이 세상을 떠난 사실에 커다란 상실감을 느꼈죠. 그렇지만 누가 뭐라고 해도 저는 제가 그 사람에게 꼭 필요한 존재였다고 믿고 있어요. 제가 그를 돕지 않았더라면 그 사람이 그렇게 편히 가지 못했을 것이라는 생각을 하면 조금 위안이 되죠.

– 유방암 투병 생활도 꽤 길었던 것으로 알고 있어요.

– 2006년이었어요. 그때도 날씨가 정말 더웠죠. 스트레스를 너무 많이 받았어요. 힘든 프로젝트를 맡아서 하고 있었거든요. 공연 마지막 날에는 정말 늙은이가 된 것 같았

죠. 계단을 내려가려면 두 사람의 부축을 받을 정도였으니까. 혼자서 서 있을 수조차 없었어요. 그때 유방암 진단을 받았어요. 방사선 치료를 받았고 5년 동안 끔찍한 약을 복용해야 했죠. 그 당시에는 무대 의상을 하지 않았었더라면, 하는 생각을 정말 많이 했어요. 그 일을 하지 않았었더라면 건강을 제대로 돌볼 수 있었을 거라고 후회하기도 했고…… 의상을 하는 50세 이상인 제 동료들 중에 치아 치료도 산부인과 치료도 시간이 없어서 제대로 받지 못해 몸이 망가진 사람들이 많거든요. 큰 병에 걸리면 자신의 삶의 모든 것들을 의심하게 돼요. 내가 뭘 잘못했을까, 뭐가 잘못된 것일까, 지금까지 해온 모든 것들이 나를 병으로 몰아넣은 것은 아닐까 하는 의심을 하기도하고. 물론 그런 생각이 병을 극복하는 데 도움이 되는 것은 아니죠. 그렇지만 억지로 긍정적이기 위해서 노력하는 것 역시 피로한 일이니까, 저는 저에게 찾아오는 감정들을 그냥 받아들였어요. 어느 날은 절망적이었고, 또 어느 날은 그럭저럭 괜찮았고, 어쨌든 지금 살아 있잖아요. 제 삶은 계속되고 있고. 그게 중요한 거죠.

– 무대 의상을 만드는 일을 어떻게 시작하게 되신 건가

요?

– 먼저 가족 이야기를 조금 하자면, 아버지는 공무원이셨어요. 할아버지는 화가이자 세무 관리사였고요. 생계를 위해 세무 관리사가 되셨지만 할아버지가 정말 하고 싶어 하셨던 것은 그림이었죠. 지금 저희 집에는 할아버지 그림이 몇 점 걸려 있어요. 할아버지는 베르뎅 전투에 참여했다가 살아 돌아오신 분이죠. 그렇지만 전쟁은 할아버지 인생을 망쳐 놓았어요. 그때 전쟁에 참여했던 모든 사람들도 모두 마찬가지였겠지만…… 그래서 그림을 그리신 거예요. 할아버지에게 그림은 일종의 분출구였죠. 할아버지는 늘 그림이 없었다면 미쳤을 거라고 말씀하셨어요. 어머니 역시 예술을 하고 싶어 했지만 결국 세무서에서 일을 하셨죠. 먹고 살아야 했으니까. 아버지도 세무서에서 일하셨어요. 그러니까 온 가족이 세금과 관련된 일을 한 거죠. 아버지는 저 역시 세무서에서 일하기를 바라셨어요. 저는 그런 아버지 뜻을 완전히 무시했죠. 아버지는 무척 화가 나셨고, 제가 의상에 관한 일을 하는 것을 아버지는 끝까지 반대하셨어요. 학교에 보내 줄 수 없다고 하셨죠. 보다 못한 어머니께서 화장품 판매원직을 권하셨어요. 돈을 벌면 하고 싶은 일을 할 수 있다고 생각하신 거죠. 결국 의상 학교에 가

지는 못했지만, 제멋대로 우겨서 16살에 비쉬에 있는 양장점에서 수습생으로 일하게 됐어요. 그 양장점 주인은 디올, 랑방 같은 명품 회사에서 일을 하셨던 분이셨는데, 명품 회사 브랜드의 이월 상품 디자인을 따라서 만들어도 된다는 허가를 받으신 분이셨죠. 양장점에서의 일은 너무 힘들었어요. 착취 수준이었죠. 청소, 밥, 하녀처럼 모든 것을 다했어요. 도저히 견딜 수 없어서 그만뒀죠. 그리고 난 후에 어머니가 말씀하셨던 대로 백화점에 들어갔어요. 디올 같은 명품 브랜드의 화장품을 팔았죠. 그러다가 회사의 구조조정으로 해고를 당했어요. 다른 곳에 가려고 했지만 그쪽 분야에서는 35세가 넘은 여자를 퇴물 취급했죠. 화장품을 팔려면 젊고 예뻐야 한다는 뜻이었겠죠. 그래서 지겨워졌어요. 명품, 뷰티 이런 것들과 상관없는 삶을 살고 싶었고요. 진짜 하고 싶은 일을 해보자는 마음으로 시립 극장에 무대의상 담당자로 지원을 했어요. 백화점에서 만난 상인의 소개로 클레르몽페랑 시청의 문화부 담당자를 만나러 가게 된 거죠. 사무실에 담당자와 마주 보고 앉아 있는데 이상한 느낌이 들더군요. 아니나 다를까 유부남인 주제에 취직을 조건으로 자신과 바람을 피우자고 말하더라고요. 그리고 그 자리에서 시립 극장에 전화로 저를 추천해 줬어요. 저는 그 사람이 전화를 거는 동안 아무 말도 하지 않았어요. 그렇게 일자리를 얻게 됐죠. 그리고 연락을 끊었어요. 그 사람과 만나지도 자지도 않았죠. 다행히 그 사람이 저를 찾아오는 일은 없었어요. 그 사람과 만나지 않는다고 저를 자르는 사람도 없었고요. 해고하면 시청 앞에서 난동을 피우겠다고 협박했거든요.

– 그런 식의 말도 안 되는 제안을 많이 받은 편인가요?

– 몇 번 있었어요. 그 시대는 그런 일이 흔했죠. 그렇다고 특별히 모욕감을 느꼈던 것 같지는 않아요. 발정이 나서 킁킁거리는 짐승에게 모욕감을 느낄 필요가 뭐가 있겠어요. 물론 매력적인 여성이 되고 싶었던 것은 사실이에요. 솔직히 말하자면 남자들에게 인기 있는 여자가 되고 싶기도 했고요. 그러나 어떤 일이 있어도 제가 선택권을 가지고 있어야 했죠. 사랑받고 싶은 마음은 모든 사람들의 당연한 욕구라고 생각해요. 다만 사랑과 소유를 헷갈려서는 안 되죠. 사랑은 존중이에요. 소유에는 종속의 의미가 있고요. 종속되는 것이 사랑이라고 생각해 본 적은 없어요.

제가 생각하는 매력적인 여성상은 르네상스 시대의 그림 같은 여자들이었죠. 저에게는 38kg밖에 나가지 않는, 너무 작고 마른 몸이 늘 콤플렉스였거든요. 통통한 여자들을 보면 부러웠죠. 저는 곡선으로 그려지는 여성성이 너무 아름답다고 생각해요. 그렇지만 그건 제 기준의 아름다움이지 남자들에게 잘 보이기 위한 것은 아니었어요. 결국은 내가 좋은 게 제일 좋은 것 같아요. 내가 좋아하는 내가 되고 싶었죠.

– 공연 의상을 만들면서 정말 많은 일들이 있었겠죠. 올해 65세가 되셨으니까, 정말 많은 추억이 있을 것 같아요. 그중에서 좋았던 기억 하나를 꺼내 주실 수 있나요?

– 좋았던 기억은 너무 많아요! 일하는 동안 인명록 노트를 만들었죠. 함께 일했던 사람들의 사인과 메시지를 담은 노트인데 3, 4권 정도 될 거예요. 대부분은 저와 함께 일하는 것이 즐거웠다는 내용들이죠. 좋은 추억들이 많아요. 공연이 끝나면 와인을 마시고, 파리에서 온 배우들과 샴페인을 즐겨 마시기도 했고. 그들이 파리의 유명 극장에서 있었던 일들을 이야기해 주기도 했어요. 그들이 하는 이야기를 들으면서 파리에서 사는 꿈을 꾸기도 했어요. 공연 일을 하면서 행복했던 순간들이 있었죠. 물론 사고도 많았어요. 그 시절에는 심각했지만 지금 생각하면 웃으면서 넘어

갈 수 있는…… 한 번은 '빨래터'라는 공연을 할 때였는데, 연출가 이름은 이제 생각이 나질 않네요. 아무튼 무대에 진짜 빨래터를 만들었는데, 사고가 생겨서 물이 넘친 거예요. 오페라의 수위실까지 물에 잠길 정도로. 끔찍했죠. 그래도 높으신 양반들이 허둥대는 꼴이 얼마나 우습던지…… 유명한 사람들도 많이 만났죠. 그들 중에는 겸손한 사람도 많았어요. 화장품 판매를 할 때와 달랐죠. 판매원이었을 때는 히스테리가 심한 상사 밑에서 일을 했는데, 사실 그 사람 때문에 성격도 바뀌었어요. 아니, 어쩌면 성장했다고도 말할 수 있을 것 같네요. 한번은 그 사람이 저를 너무 화나게 만들어서 매장에 전시용으로 있던 대형 향수병을 그 사람이 보는 앞에서 집어 던져 깨뜨려 버렸어요. 이상하게도 그렇게 화를 내니까 그 사람이 제 앞에서 아무 말도 하지 못하는 거예요. 그 후로는 저를 괴롭히지 않았죠. 참으면 계속 괴롭히는 그런 사람들 있잖아요. 가만히 있으면 바보로 아는…… 그날 이후로 저는 절대 참지 않아요. 그럴 필요가 없다는 걸 깨달았죠. 예전에는 모든 것을 속에 담아두고 혼자서 울었거든요. 그날 그렇게 화를 내는 제 앞에서 꼼짝 못 하는 그 사람을 보면서 이제 바보 같은 짓은 끝이라고 결심했어요. 정말 홀가분했죠. 새로 태어난 것 같았어요.

– 그렇다면 최악의 기억은요?

– 아마 두 개일 거예요. 시립 오페라 극장에서 공연이 있었는데, 주제가 페탱[1]과 드골 장군의 대화였어요. 공연장 안에 들어갈 수 없어서 커튼 뒤에 숨어 있었죠. 그런데 페탱 연기를 하는 배우에게 제가 방해됐었나 봐요. 공연이 끝나고 그 배우에게 제 인명록에 사인을 부탁했는데, 화를 내면서 거절하더군요. 저 때문에 공연을 망쳤다고. 그래서 그 사람에게 당신이 부족한 배우인 걸 왜 내게 화풀이를 하느냐고 따졌죠. 어쨌든 좋지 않은 기억으로 남아 있어요. 다른 하나도 역시 오페라에서 공연할 때였는데, 그때는 정말 일이 너무 많았어요. 미국 극단 공연이라서 모두가 영어로 이야기했고요. 공연 당일에 연기자들이 저녁 6시에 도착했어요. 저는 아침 9시부터 그곳에 있었고요. 1시 즈음에는 배가 고프더라고요. 밥 먹을 시간도 없었으니까. 그래서 밥을 먹으러 식당에 갔는데 연출가가 구내식당에서 저를 쫓아냈어요. 9시부터 아무것도 못 먹었다고 말했지만 그는 이렇게 말했죠. «당신은 내가 허락할 때 밥 먹을 수 있어!» 비인간적이었죠. 두 시에 밥을 먹으라고 저를 부르더군요.

1 프랑스의 군인이자 정치가

그것도 기분이 좋지 않았어요. 그런 식으로 일하는 게 정말 싫었죠. 저는 이상하게 미국인들과 일을 하면 늘 좋지 않게 끝이 났어요. 미국인들과 일하는 게 싫어요. 프랑스 사람들과 일을 할 때는 물론 정신도 없고 엉망이지만, 적어도 하고 싶은 말을 할 수 있잖아요. 내 생각을 말할 수도 있고 짜증을 낼 수도 있죠. 가끔 친구들과 농담처럼 이런 말을 해요. 프랑스 사람들이 더 이상 짜증을 내지 못하는 날이 온다면 모두 미국인이 되어 있을 거라고…… 그래도 생각해보면 좋은 기억이 더 많았던 것 같아요. 사인을 받은 책들을 꺼내서 보여주고 싶은데…… 조니[2]에게 받은 사인도 있어요. 사인을 해달라고 했을 때, 조니는 만취한 상태였죠. 내 발을 밟고 지나갔어요. 그 사람은 느끼지 못했지만 저는 느꼈다고요! 조니에 대한 저의 기억은 그것이죠. 내 발을 밟고 지나간 남자!

– 당신이 만든 옷들은 모두 무대 위의 배우들을 위한 것이었죠. 그래서 퀴퀴 당신이 개인적으로 어떤 스타일을 선호하는지 궁금해요. 물론 컬러를 좋아한다는 것은 알고 있지만……

2 조니 홀리데이, 프랑스인들에게 가장 사랑받는 가수 중 한 명

– 요즘 파티에 가면 꾸미고 오는 사람이 별로 없어요. 꾸미고 오면 오히려 이상한 시선을 받을 정도이니까. 전 그게 싫어요. 꾸밀 수 있는 기회가 있으면 최대한 예쁘게 꾸미는 것을 좋아하죠. 저는 일단 깔끔해야 해요. 머리도 손질하고, 향수도 뿌리고, 손톱 정리도 잘 되어 있어야 하죠. 옷차림이 전부가 아니에요. 어떤 스타일을 고집하지는 않아요. 남자도 깔끔한 사람이 좋아요. 그런데 또 너무 꾸민 남자들은 싫더라고요. 너무 멋지고 완벽한 남자들은 일단 배제해요. 자기가 잘생기고 멋진 것을 아는 남자들은 심플하지가 않거든. 멋지고 심플한 사람을 본 적이 없어요. 아무튼 잘 정돈된 사람이라면 스타일은 별로 중요하지 않아요. 그렇지만 예를 들어 마른 남자는 싫어요. 체격이 조금 있는 사람이 좋겠네요. 배가 나왔나 안 나왔나 매일 확인하는 사람은 피곤하니까. 제가 너무 남자 이야기만 했나요?

– 음, 연애를 해야 할 시기가 다가오고 있는 것 같군요. 요즘 제 주변에 있는 사람들 중에 자신의 남자 취향을 이야기하는 사람이 그리 많지 않아서 반갑기도 하고요. 남자 말고 디자이너는 어때요? 가장 좋아하는 디자이너를 꼽는다면 누가 있을까요?

– 요즘은 누가 누군지 잘 몰라요. 그렇지만 엘리 사브 같은 레바논 출신 디자이너들의 작품이 눈에 들어오긴 하더라고요. 예전에 피에르 발망이 살아 있을 때는 발망을 좋아했어요. 이브 생로랑이 60, 70년대에 피에르 가르뎅에서 선보인 작업들도 좋아했죠. 디올의 새로운 룩도 좋고요. 정말 여성스럽죠. 저는 유니섹스한 스타일은 별로 좋아하지 않아요. 관심 없죠. 어쨌든 패션은 늘 정치와 연결되어 있어요. 예를 들자면, 몇 년 전부터 넝마 같은 옷을 입는 게 유행이죠. 거지 패션이요. 거지 패션은 그것이 발렌티노여도 거지 패션이에요. 이것을 상징적인 관점으로 보자면 사람들에게 쓰레기를 입히는 것이나 다름없죠. 입고 버릴 수 있는…… 요즘 직장에서 일어나는 일들을 보면, 우리는 사람을 취하거나 버려요. 뭔가 닮은 점이 있다고 생각하지 않나요? 자신의 몸에 아무거나 함부로 걸치는 사람이 어떻게 자기 자신을 존중할 수 있겠어요? 물론 젊은 사람들은 누더기를 입어도 괜찮아요. 자신의 스타일을 찾아가는 과정이니까. 그렇지만 40대 혹은 50대에도 그렇게 입는 건 슬픈 일이라고 생각해요. 말도 안 되죠. 어떤 가치나 의미도 없이 잠깐 걸치고 버리는 옷은 크리넥스나 마찬가지예요. 크리넥스 같은 사람이 되는 건 슬프잖아요. 비싼 옷을 입어야

한다는 말이 아니에요. 자신을 표현하고 스스로를 존중할 수 있는 스타일을 말하는 거죠. 저는 색깔로 저를 표현해요. 시기별로 끌리는 색깔들이 있죠. 제 체격이 너무 작아서 검은색 옷을 즐기지는 않아요. 화려한 색깔들을 좋아하죠. 레이스가 달려서 우아하거나 섹시한 라인의 원피스도 좋아요. 하이힐을 즐겨 신는 편이고요.

– 무대 의상 디자이너로서 자신이 생각하는 가장 만족스러웠던 작품은 무엇인가요?

– 지금 떠오르는 게 하나 있기는 해요. 만들면서 너무 즐거웠죠. 식물적인 느낌이 잘 살아 있는 모자를 만들어 달라는 주문을 받았어요. 며칠 밤을 새워서 모자를 만들었죠. 밤색 타프타 천을 이용해서 나무의 뿌리 같은 느낌을 낸 후에 모자에 입혔어요. 그 모자를 연출가에게 가져갔더니 연출가가 아주 좋아하더라고요. 자신이 원했던 게 바로 그것이라고! 소매에 지름 40cm 원형 모양의 주름 장식을 달은 적이 있었는데, 그것도 제가 자부심을 느끼는 작품 중 하나예요.

– 이제 인터뷰를 마치려고 해요. 정말 수고 많으셨어요.

마지막으로 하고 싶은 말이 있으신가요?

– 저는 오랫동안 천을 만지는 일을 해오면서, 자신이 입는 옷이 자신의 생각에도 영향을 미친다고 믿게 됐어요. 요즘 들어 의상에서 드러나는 여성성이 구속의 상징이 아니라 해방의 상징이 되는 패션들이 많이 나왔으면 좋겠다는 생각을 해요. 68년 5월 혁명에 있었던 일을 이야기해 줄게요. 그때 당시 남녀평등을 외치던 여성들이 거리로 뛰쳐나와 브래지어를 벗어 공중에 던지는 시위가 있었어요. 아주 센세이션했죠. 브래지어를 벗어 던진 여성들은 말 그대로 해방의 상징이었어요. 그렇다면 브래지어라는 속옷이 여성을 구속하는 도구인가? 그것을 벗어 던져야 여성은 비로소 자유로워질 수 있는 것인가? 그 질문에 있어서 솔직한 저의 생각을 말하자면, 저는 아니라고 생각해요. 브래지어는 옷을 입었을 때 라인을 잡아 주어서 시각적으로 예쁘거든요. 저는 브래지어를 착용한 여성의 가슴이 매우 아름답다고 생각해요. 제가 브래지어를 착용하는 이유는 타인에게 잘 보이기 위해서가 아니라, 저를 억압하기 위한 것이 아니라, 제 눈에 예쁘게 보이기 때문이죠. 저는 제가 예쁘다고 생각하는 것을 하고 싶고, 다른 사람들도 그랬으면 좋겠어요. 각자 하고 싶은 대로 자신의 생각을 가지고 사

는 게 중요하니까. 물론 모든 혁명은 기존의 것을 무너뜨리는 것부터 시작하죠. 그렇지 않고서 무언가를 바꾼다는 게 사실상 쉽지는 않아요. 모든 것이 깨진 이후, 그다음에 적절한 기준을 찾아갈 수 있는 것이기도 하고요. 그런 면에서 브래지어를 던진 시위가 여성 해방 운동에 있어서 충분히 가치 있는 일이었다고 생각하고 있어요. 다만 브래지어를 고집하는 것이 고지식한 혹은 안티페미니스트로 보이는 것은 싫을 뿐이죠. 어쨌든 저는 브래지어를 계속 착용할 거예요. 드레스를 입을 때 그게 예쁘니까. 하이힐도 신을 거예요. 콤플렉스인 작은 키를 보완해주니까. 손톱에는 늘 매니큐어를 바르고 싶고요. 저는 자신에게 아름다운 사람이 되고 싶어요. 그게 다예요.

자라나는 일

캉탈에도 여름이 왔다. 구불구불 이어지는 길마다 녹음이 날개를 활짝 폈다. 크기를 가늠할 수 없는 나무들이 우거진 숲은 멀리 중앙산맥의 봉우리까지 이어졌다. 자연은 순진무구한 얼굴로 반짝이고 있었다. 겨울에 시들어 죽었던 기억은 어느새 모두 잊고, 단 한 번도 상처받지 않은 것처럼.

캉탈의 겨울과 여름을 마주할 때면 죽고 태어나는 일에 대해 생각하게 된다. 태어나고 죽는 일이 아니다. 죽고 태어나는 일, 소멸로 끝이 아니라 생성으로 이어지는 일, 그것을 생각한다. 나는 자연의 본성이 소멸이 아닌 생성이라고 믿는다. 그러니 모든 죽음은 어디선가 다시 생성하는 것이라고. 누군가의 어제도, 나의 오늘도. 그런 생각들은 오늘의 허무를 몰아낸다. 추웠던 기억을 이기고 반드시 봉오리를 피우게 하는 힘을 믿게 만든다. 여는 삶이 될 것이라고, 또 한 번 혹한 추위가 다가온다 할지라도.

압도적인 자연은 내 안의 나를 바라보는 커다란 눈동자가 되어 준다. 눈을 녹이고 일어난 커다란 산맥 앞에 내가 피워야 할 봉오리의 크기를 가늠해 본다. 작고 연약한 그것은 얼마나 애를 쓰고 있을까. 이 푸르른 여름, 내 안의 눈은 얼마나 녹아 있을까.

멜리사를 만나러 가는 길, 캉탈의 고개를 넘으며 '자라는 일'에 대해 묻는다. 파리를 떠나 오베르뉴에 온 지도 7년, 그사이 나는 얼마만큼 자랐을까? 멜리사를 만날 때마다 성장을 묻는 것은 타인을 통해 나를 확인하고 싶은 마음일 게다. 내 안에 그려 놓은 눈금을 꺼낸다. 마지막에 우리 키가 어디만큼 닿았더라, 묘한 설렘과 긴장감으로 나는 성장을 확인하려 든다.

멜리사를 처음 만난 것은 지난여름, 지인의 초대로 참석했던 하우스 파티였다. 달리 표현할 말이 없어 '하우스 파티'라 옮겼지만, 우리말인 '잔치'에 더 어울리는 모임이었다. 각자 음식을 만들어 가져와서 먹고 마시고 떠들고. 테이블 위에는 텃밭에서 자란 토마토, 가지로 된 요리들과 샐러드 그리고 인근 농장에서 산 치즈들로 넘쳐났다. 그 소담

스러운 음식들 사이에서 M과 내가 체인 빵집에서 산 사과 파이의 완벽한 모양새는 얼마나 초라했던지, 신맛은 없고 오직 달기만 했던 그 파이 맛은 얼마나 가짜 같았는지…… 사람들은 웃으며 지금은 사과가 아니라 살구를 먹는 계절이라고, 살구파이를 먹어야 한다고 알려 주었고 나는 그들의 웃음소리에 파이 위에 누렇게 익은, 언제 수확했는지 모를 사과가 부끄러웠다. 그때 멜리사가 없었다면, 멜리사가 한겨울에 즐겨 먹었다던 토마토 이야기가 없었다면 우리는 그 자리에서 유일한, 무식한 도시인들로 낙인찍혀 놀림을 당하고 있었을 것이다. 그렇게 도시 생활과 시골 생활의 자연스러운 고백들이 오갔다. 멜리사의 계절 없는 요리와 파리의 슈퍼마켓에서 팔던 밍밍했던 과일과 채소들의 이야기. 과일은 예쁜 것을 고르는 게 아니라는 사람들의 충고, 계절이 이끄는 대로 따라가는 삶. 고백하자면 나의 식탁을 지배했던 것은 계절이 아니라 대형 마트의 '프로모션' 상품이었기에, 그들의 이야기가 마치 대단히 자연 친화적인 삶처럼 느껴졌다. 따지고 보면 계절을 따라 옷을 꺼내 입는 것처럼, 식탁도 계절을 입는 게 당연한 것인데…… 당연한 게 당연하지 않은 이 삶을 이끌며 나의 몸과 마음은 얼마나 지쳐 있었을까.

그 만남 이후 나의 삶은 조금 달라졌던가?

잘 모르겠다. 제철 과일, 채소 정도는 생각하고 살지만 필요하면 언제든지 스페인, 모로코에서 수입해 온 토마토를 장바구니에 담는다. 그 여름, 캉탈의 농가에서 먹었던 빨간 토마토와는 향도 맛도 식감도 다른 밍밍한 토마토를 먹으며, 대충 살자 생각한다. 이것도 문명의 혜택이다, 이런 것까지 어떻게 신경 쓰고 사느냐 핑계를 대면서. 그러다 어느 날 압도적인 자연과 그것의 완벽한 변화를 마주할 때면 불쑥 내 안의 목소리가 말을 건다. 그런 것도 신경 쓰지 못하는 삶은 도대체 무엇이냐고.

나는 성장했을까?

잘 모르겠다. 파리에서 오베르뉴 지방으로, 도시에서 시골로 다시 도시로 옮겨 다니면서 내 안에 무엇이 죽고 무엇이 다시 생성했는지, 무엇이 얼마큼 자랐는지 모르겠다. 조금 나은 사람이 되었나 싶으면 다시 제자리로 돌아오고, 나는 여전히 나이고 나의 인생의 키는 0.5cm 눈금을 두고 왔다 갔다 하며 기대와 실망을 반복하는 중이 아닌가. 그런 나를 알아챈 날에는 누군가에게 묻고 싶다.

당신은 어떠냐고,

나만 이렇게 바보 같은 거냐고……

캉탈에 가는 길, 내비게이션은 자꾸 이상한 곳으로 우리를 안내했다. 지표가 될 만한 것이 없는 이 길에서는 내비게이션밖에 의지할 데가 없는데 요 녀석도 낯선 모양이다. 소 떼들이 모여 있는 곳으로 돌진하라고 하질 않나, 애먼 농가를 두고 도착지 깃발을 깜빡이지 않나. '구글맵을 켜 볼까'라는 말에 M이 비웃었다. 그가 말했다.

"구글이 뭘 알아. 모르면 무조건 유턴하라고 하겠지."

유턴은 하지 않았다. 다만 속도를 줄이고 창문을 열었다. 지나가는 이들의 느린 걸음을 붙잡으려면 차가 사람의 속도에 맞춰 달려야 한다. "뮈라로 가려면 어디로 가야 해요?" 할아버지 한 분을 붙잡고 물었다. 모자 그늘 아래로 주름진 눈을 천천히 깜빡이던 할아버지는 가만히 서서 한참을 생각하시다가 손가락을 들어 우거진 나무 사이로 난 길을 가리켰다. 지름길이라고, 속도를 줄여야 달릴 수 있는 가장 빠른 길이라고.

차는 느리게, 가장 빠른 길을 달렸다. 덜커덩거리는 차 안에서 어느 겨울 이곳에 처음 왔단 날, 차가 눈 속에 빠졌던 추억을 떠올렸다. 새하얀 눈밭에서 고물차가 헛바퀴 질을 하면서 굉음을 내던 날, 줄기차게 내리던 눈이 낭만이 아니라 공포였던 기억. 그 후로 겨울마다 스노타이어를 장착하면서도 이곳을 피했다. 꼭 가야 할 일을 만들지 않으면 그만이었다. 눈이 녹을 때까지, 날씨가 허락할 때까지 기다리자고. 애써 나아가려 하지 말고. 그러고 보니 그것 하나는 확실하게 알았다. 나보다 커다란 어떤 것을 이기려 하지 않는 것, 꼭 이기지 않아도 괜찮다는 것, 순응하며 사는 것. 시속 30km로 달려야 하는 길에서 빨리 가고자 하는 마음을 포기하면 그곳은 비로소 지름길이 됐다. 어떤 마음은 포기할 줄 아는 것, 그것도 성장이라고 할 수 있을까?

'안 되는 것을 되게 하라'는 삶은 겨울에 토마토 열매를 맺게 하고, 한여름에 빨간 사과를 깨물어 먹게 했지만, 확실히 억지스러운 것들은 '맛'이 없다. 여름의 탱글탱글한 토마토와 가을 햇살을 그대로 담은 사과의 맛은 '되어지는 대로' 순응하며 노력한 대가다. 나의 한계를 알고 내가 할 수 있는 만큼의 노력을 담아, 남은 것은 더 큰 것에게 맡겨 얻은 그것은 얼마나 새콤달콤한 맛인가! 그래, 그렇다면 나는 조금 더 맛있는 삶을 살고 싶다. 미지의 힘에게 내 인생의 한자리를 내주고 그가 흔들면 흔들리는 대로, 안아 주면 그저 마음 놓고 안겨, 그렇게 익어가고 싶다.

그러니 의심하지 말자.

성장을, 나의 눈금을.

뮈라에 도착하니 여름이 묻은 원피스를 입은 멜리사가 우리를 반겼다. '구글도 모르는 곳에서 산다'는 말에 호탕하게 웃더니, 조금 더 깊어진 눈을 반짝이며 말했다.

"구글이 뭘 알아? 이 여름 냄새를 알아?"

그러고 보니, 구글은 여름 냄새를 알까? 구글에 물으면 뭐라고 답할까?

나는 안다. 이 여름의 냄새는 지난겨울을 털어낸 자연이 또 한 번 생성한 냄새이자, 새로운 환경 속에서 자신이 성장하기를 기다릴 줄 아는, 자라나는 어른의 희망의 냄새다.

내가 어릴 적 단 한 번도 어른이 됨을 의심하지 않았던 것처럼, 자라는 일이 그저 기다림이자 기대였던 것처럼, 지금의 나의 자라남을 더는 의심하고 싶지 않다. 멜리사의 말처럼 내가 나에게 시간을 주고 싶다. 다그치지 말고, 나를 기다리고 기대하며. 내 안에 겨울이 찾아올 때도 반드시 피어날 봉오리를 믿으며.

그러니 나는 자라나고 있는 것이다.

멜리사가 그러하듯,

당신이 그러하듯.

Mélissa

멜리사와의 만남

– 자기소개를 부탁할게요.

– 저는 멜리사 에르베라고 해요. 서른여섯 살이고, 브르타뉴 출신이죠. 캉탈에서 산 지는 4년이 조금 넘었어요. 피에릭이라는 남자와 함께 살아요. 두 살이 된 딸이 있고, 남자친구와 함께 광고업체를 운영하고 있어요.

– 지금 우리가 만난 이곳을 '코워킹스페이스'라고 부르죠. 이곳에서 인터뷰를 하고 싶다고 하셨는데 특별한 이유가 있을까요?

– 네. 이 공간을 소개해 주고 싶었거든요. 이곳은 캉탈의 오래되고 어두운 건물들에 비해 굉장히 밝고 모던한 공간이에요. 코워킹스페이스라고 하는 곳이죠. 디지털 코코트[1]라고도 불러요. 독립적으로 일하는 사람들의 사무 공간

1 코코트는 냄비라는 뜻이 있으며 암탉을 다정하게 부르는 애칭이기도 하다.

이라고 할 수 있는데, 한 마디로 독립된 업체들인 개인들이 공간을 나눠 쓰며 일하는 곳이에요. 칸막이벽이 거의 없어서 개방적이라는 느낌이 드실 거예요. 독립적으로 일하는 사람들, 프리랜서들, 자택 근무자들은 사람과의 교류가 많지 않은데, 이렇게 공간이 열려 있으니까 왔다 갔다 하면서 서로 관계를 맺을 수 있죠. 물론 각자 일하는 분야는 다르지만 가끔 만나게 될 때도 있어요. 예를 들자면 캉탈시에서 축제를 열 때, 누구는 포스터 디자인을, 누구는 영상 콘텐츠 작업을 맡아서 하는 식으로요. 그럴 경우 서로 정보와 의견을 나누면서 시너지 효과를 일으키기도 해요. 당연히 각자 독립된 업체로서 참여하는 것이고요.

이곳은 캉탈에 있는 '뮈라'라는 작은 시에서 관리하는 공간이에요. 뮈라에 사는 사람들이 이용하는 곳이죠. 뮈라 시민 모두에게 개방된 곳이지만 무료는 아니에요. 일 년 치 회비를 내죠. 이곳을 운영하고 관리하는 데 들어가는 비용이라고 생각하시면 될 것 같아요. 현재 약 열다섯 명 정도가 이 공간을 나눠 쓰고 있는데, 해마다 늘 같은 사람들이 이용해요. 제가 일하면서 마주치는 사람들은 열 명 정도 되는 것 같네요.

이곳의 이용자들에게는 이 공간을 관리해야 할 의무가

주어져요. 인원이 너무 적어서 운영비가 마련되지 않으면 문을 닫을 수밖에 없으니까요. 사실 '빈껍데기' 같았던 시절을 겪기도 했어요. 많지 않은 사람들이 모여 있는 곳이라서 몇 명만 빠져나가도 텅 빈 느낌이 들거든요. 공간이 유지되는데 필요한 최소 인원이란 것이 있죠. 그것이 채워지지 않을까 봐 전전긍긍하던 때도 있었고요. 다행히 새로운 사람들이 들어오면서 이 공간에 새로운 활력이 생긴 것 같아요. 이용하는 연령대는 주로 삼십 대예요. 젊은 편이죠.

– 왜 이름에 '디지털'이란 말이 들어갈까요? 디지털 분야에 관련된 사람들이 모여서 일하는 곳이란 뜻일까요?

– 그건 아닐 거예요. 이름에서 모던한 느낌을 주고 싶었다고 들었어요. 자택 근무자들을 위해 만들어진 공간이었고 그런 사람들은 주로 회사와 이메일, 인터넷으로 일을 하니까 '디지털'이라는 말이 어울린다고 생각했겠죠.

– 이런 공간이 혼자 일하는 사람들에게는 큰 도움이 되겠네요. 그래도 혹시 불편한 점은 없나요? 각자 다른 일을 하는 사람들이 모인 곳이라서 단점도 있을 것 같은데……

– 불편한 점은 없어요. 다만 아쉬운 점은 있죠. 이 공간

이 점점 타성에 젖어가는 듯한 느낌이라고 할까요. 조금 더 활력을 추구해야 하는 공간인데 늘 같은 콘셉트에 머물러 있는 것 같아서 그런 점이 조금 아쉬워요. 늘 같은 사람들만 이용한다는 점도 그렇고, 인원이 많지 않기 때문에 코워킹스페이스가 가진 장점을 충분히 활용하지 못하고 있다는 생각도 해요. 아는 사람들은 이 공간이 어떤 곳인지 알고 있지만, 여전히 모르는 사람도 많죠. 홍보가 부족한 탓인지는 모르겠으나, 여전히 활동 분야도 제한적이에요. 아직 코워킹스페이스의 개념이 무엇인지 잘 모르는 사람도 많아요. 조금 더 알려져서 다양한 분야와 다른 연령대의 사람들이 많이 와서 함께 일하면 좋겠다는 생각을 해요. 다양한 사람들이 만나면 거기에 따라 발생하는 시너지들이 있거든요. 새로운 가능성들이 열리기도 하고…… 그런 부분이 조금 아쉽네요.

– 오랫동안 파리에서 거주하시다가 캉탈에 오셨죠. 이곳에서 '귀농인'이라고 불리신다고 들었는데, 여기에 대해서 하고 싶은 말씀이 있으시다고 들었어요.

– 도시에서 살던 사람이 시골에 와서 사는 것을 '귀농'이라고 하죠. '시골로 이사 오는 도시 사람들'이 점점 많아지

면서 어느 순간 미디어에서 '귀농', '귀촌'이라는 이름표를 붙이기 시작했어요. 마치 유행처럼…… 그렇지만 저는 이렇게 특정 이름을 붙이는 것에 조금 더 신중을 기해야 한다고 생각해요. 모두 각자 다른 인생을 살아왔고 다른 이유로 삶의 터전을 옮기는 것인데, 이렇게 하나로 묶어 부르면 너무 쉽잖아요. 농촌을 터전으로 하는 삶을 선택한 것 외에, 구체적으로 '귀농'이 의미하는 바가 무엇인지를 생각해 보면 매우 모호한 것 같아요.

물론 그런 선택을 한 사람들에게서 나타나는 공통점은 존재한다고 생각해요. 새로운 활력이라고 해야 할까? 도시에서 만들어진 그들의 생활방식이 시골에 새 기운을 가져다주죠. 바쁘게 움직이고, 끊임없이 무언가를 생산해야 하는 데서 오는 일종의 에너지 같은 것들이요. 도시에서 살다가 시골에 오게 되면 처음에는 어떤 갈증 같은 것을 느끼게 돼요. 만나는 사람, 문화 활동 등이 제한적이라고 느끼기도 하고요. 그래서 귀농인들이 시골에 새로운 문화를 가져오는 데 앞장서는 경우가 많이 있어요. 도시에서 경험했던 것들을 시골로 옮겨오는 거죠. '코워킹스페이스'도 마찬가지였어요. 도시에서 살던 사람들이 시골에 내려와 자택 근무를 하다가 시청에 제안하면서 시작하게 된 것이죠. 인구 부족으로 시달려온 캉탈시는 도시에서 누리기 힘든 '삶의 질'과 함께 도시에 버금가는 근무 환경이 조성된다면 더 많은 사람들이 캉탈로 이주할 것이라는 판단을 한 것이고요.

그렇지만 어쨌든 '지역 토박이'들과 '귀농인'들, 이런 식으로 분리해서 부르는 것은 좋지 않은 것 같아요. 저는 사람이 특정한 기준으로 분류되는 게 싫어요. 그것이 갈등의 시작이 되는 경우가 많다고 생각하거든요.

물론 이 지역이 조금 더 폐쇄적인 것은 사실이에요. 새로운 사람, 새로운 문화를 잘 받아들이는 곳은 아니죠. 그렇지만 저는 '토박이', '귀농인' 같은 이름표를 경계해요. 분리는 단절을 만든다고 생각하니까요.

저는 8년 동안 파리에서 살았어요. 도시에서 오래 살았기 때문에 이곳에 처음 왔을 때 답답함을 느끼는 것은 당연했죠. 모든 게 너무 제한적이라고 생각했고요. 그렇지만 이제는 달라요. 비슷한 또래의 사람들을 만나면서 오히려 이곳 사람들의 삶이 훨씬 더 다양하고 독창적이라는 생각을 하게 됐어요. 단지 알아갈 시간이 필요했던 거예요. 처음에는 저녁 식사 자리나 모임에서 사람들을 만났을 때 그들의 유머를 이해하지 못하는 것에 스트레스를 받았어요. 그게 코드가 달랐던 건지 혹은 제가 사람들을 알아가는 방식이 그들과 달랐던 것인지 모르겠지만, 잘 섞이지 못했죠. 언젠가 저녁 모임에 참석을 했는데, 누군가 «너 오늘 집에 갈 때 우버를 불러서 타고 가»라고 우스갯소리를 하더라고요. 그 시골 한복판에서 도시에서 자주 하던 농담을 듣는 순간 갑자기 거기 있는 사람들과 연결된 느낌이 드는 거예요. 너무 기분이 좋았죠. 처음으로 '재미있다'라는 생각을 했어요. 우습죠? 농담 한마디에……

초반에는 파리에 자주 갔어요. 파리지엔느의 정서를 놓치고 싶지 않아서. 그러다가 점차 이곳의 삶에도 호기심이 생겼죠. 배워야 할 것이 많았어요. 양쪽을 놓지 않으려고 왔다 갔다 하다 보니 어느 곳도 제가 속한 곳이 아니라는 생각이 들더군요. 스스로 양쪽을 계속 비교하고 있었거든요. 사람들이 다르고, 심지어 비슷한 또래들도 생각하는 방식과 생활 양식이 달랐어요. 예를 들자면, 이곳 사람들은 모두 자신의 텃밭을 가꾸며 살아요. 그게 저에게는 놀라운 일이었죠. 새로운 세상이나 다름없었어요. 저녁 모임 내내 텃밭에 대한 이야기를 나누는 것도 낯설었고요. 제가 파리에 살았을 때는 발코니에 방울토마토 화분을 가꾸는 것만으로도 엄청난 일이었거든요. 그런데 비닐하우스를 산다는 이야기를 들었을 때, '와, 다른 세상이구나' 싶었죠. 그

외에도 차이를 느끼게 하는 것들은 정말 많았어요. 또 다른 예를 들자면, 이곳 사람들은 규모가 큰 파티를 자주 열지 않아요. 부부 동반 모임 정도를 갖는 경우가 대부분이죠. 맛있는 음식과 맛있는 와인을 먹으면서, 인테리어에 신경 쓴 커다란 집의 안락한 거실에서 모임이 이루어져요. 분위기 좋은 술집이 많지 않으니까 주로 집에서 만나는 거죠. 먹는 것 역시 중요하게 생각해요. 바에서 먹는 감자칩 같은 게 아니라, 진짜 음식을 먹죠. 파리는 달라요. 파리의 집들은 대부분 작고 좁잖아요. 그런데 그 좁은 집에서 얼마나 많은 사람들이 모이는지 아시죠? 파티가 열리면 말도 안 되게 많은 사람들이 오죠. 감자칩, 피자 같은 것을 먹으면서 앉을 자리가 없어서 서서 이야기를 나누고요. 더 재미있는 것은 그 많은 사람들 중에 모르는 사람들이 반 이상이라는 점이죠. 그런 파티에 가보지 않은 지 이제 한참 됐네요. 그립기도 하고, 또 막상 감자칩에 피자를 먹으면서 논다고 생각하면 싫을 것 같기도 하고……

또 떠오르는 일화가 하나 있어요. 이곳에서 처음으로 지인의 집에 초대를 받은 날이었는데, 겨울이었어요. 토마토와 모짜렐라 요리를 준비해 갔죠. 파리에서 아페리티프를 마실 때 늘 빠지지 않는 음식이었으니까. 그런데 지인이 그 음식을 보더니 이러는 거예요. "지금이 토마토 계절이 아닌 건 알고 있지?" 제가 너무 한심하게 느껴졌어요. 이제는 누군가 겨울에 토마토 요리를 하면 제가 이렇게 말해요. "정말 말도 안 돼!"

네, 저도 캉탈 사람이 다 된 거죠.

– 겨울에 토마토…… 저도 술자리에서 즐겨 먹던 안주였어요. 슈퍼에 가면 언제든지 살 수 있으니까, 계절에 대한 인식이 없어지는 것 같아요. 멜리사, 이제 당신은 스스로를 파리지엔느가 아니라 캉탈 사람이라고 생각하시나요?

– 잘 모르겠어요. 확실한 것은 파리지엔느는 아니라는 것이죠. 어느 쪽에 속해 있다, 그런 결론보다는 둘 사이의 차이를 알게 됐다는 표현이 맞는 것 같아요. 커다란 차이는 아니지만 뭐가 다른지 알게 됐죠. 어느 쪽이 옳고 그르다 그런 뜻이 아니라, 말 그대로 '안다'예요. 알고 난 다음에 선택은 제 몫이고요.

– 사는 환경이 달라졌으니까 당연히 삶의 방식도 달라졌을 것 같아요.

- 네. 소비하는 방식이 달라졌어요. 여기 제 주변에 있는 사람들은 파리의 지인들보다 소비에 있어서 조금 더 신중한 편이에요. 그런 면에서 영향을 많이 받았죠. 필요한 것을 즉각적으로 사기보다 직접 만들어 가는 문화가 있는 것 같아요. 통조림 같은 저장 식품을 직접 만들거나, 텃밭을 가꾸거나 하는 것들이요. 텃밭 같은 경우는, 첫해에 저도 농사를 시도해 봤는데 완전히 망쳤죠. 아무것도 자라지 않았어요. 그렇지만 그건 경험이었으니까. 시간이 지나면서 농사를 지으려면 무엇보다 시간을 많이 들여야 한다는 것을 깨닫게 됐어요. 늘 손에 흙을 묻히고 살아야 하더군요. 농사를 짓는 데는 휴가가 없어요. 친구들을 보면서 많이 배우죠. 현재 저희는 저희가 살 집을 짓고 있는 중이에요. 집을 짓는 일도 저희가 할 수 있는 부분들은 직접하고 있어요. 친구들의 도움을 받으면서요. 물론 전문적인 기술이 필요한 부분은 당연히 업체에 맡기고요. 집이 다 지어지면 다시 텃밭에 도전해 볼 생각이에요. 실패하지 않을 자신이 있어요!

- 캉탈에 오시게 된 계기에 대한 이야기를 듣고 싶어요.

- 피에릭을 따라왔어요. 제가 파리에서 산 지 8년째 되

던 해였죠. 피에릭은 캉탈에서 5년째 살고 있었고요. 오래 전에 학교 다닐 때 만났던 사이였는데, 재회를 하게 됐죠. 피에릭은 캉탈에 가족이 있었고, 자신의 땅에 집을 짓고 살겠다는 계획이 있었어요. 처음 그가 캉탈에서 살자고 이야기했을 때는 당연히 거절했죠. 캉탈이라는 곳이 너무 멀게 느껴졌으니까. 그러다가 파리에서 더는 못 살 것 같다고 느끼는 순간이 찾아왔어요. 갑자기 모든 게 싫더라고요. 도시도, 일도, 사람도. 타이밍이 잘 맞았어요. 한 번 시도해 볼까, 하는 생각이 들었죠. 살다가 힘들면 다시 파리로 돌아와도 되니까. 처음에는 몇 주만 머물렀죠. 그리고 몇 달, 그러다가 여행을 떠나게 됐어요. 여행을 하면서 시간을 갖고 우리가 정말 원하는 것을 결정해 보자고 말했죠. 여행이 끝난 후 결국 캉탈에 정착하기로 결심했어요. 그래도 괜찮을 것 같았거든요.

– 파리에서의 삶은 어땠나요?

– 파리에서의 생활은, 이렇게 말하면 웃기지만 일을 하고 술을 한잔하는 정도로 요약할 수밖에 없겠네요. 제 주변에 있는 사람들도 거의 비슷했고요. 가끔 전시회를 보러 다니기도 했지만 자주는 아니었어요. 일주일 내내 출근을 하

고 지하철로 왔다 갔다 하고, 그러다가 금요일 저녁이 되면 전시회 같은 것은 보고 싶지 않아지거든요. 그냥 친구들과 한잔하고 싶은 마음뿐이었죠. 다만 형제들, 친구들이 많아서 적응하기에는 좋았어요. 그러다가 어느 날 그 생활에 질려버렸죠. 특별한 이유가 있었던 것은 아닌데, 공간도 좁고, 해마다 늘 같은 일을 하며 살아야 하고, 뭐 그런 것들 때문이었을 거예요. 파리 생활이 아주 다양하고 신날 것 같아도 결국 늘 똑같더라고요. 날씨가 좋으면 공원이나 운하가 있는 곳으로 나가고, 날씨가 좋지 않으면 술집에 가고. 7년을 살았는데 그런 것 외에 다른 활동을 하고 싶다는 마음이 들지 않았어요. 물론 지금은 친구들이 그립기는 해요. 사람들을 쉽게 만날 수 있고 관계가 빠르게 형성된다는 점에 있어서 대도시의 생활이 그립기도 하고요. 깊은 관계들은 아니지만 가벼운 만남이 주는 즐거움이 있잖아요. 잘 모르는 사람들과 이야기를 나누면서 느끼는 자유로움. 이곳에서는 사실상 힘들어요. 잘 모르는 사람과 이야기하는 기회도 많지 않고, 잘 이루어지지도 않죠. 전시회, 콘서트, 연극을 쉽게 보지 못하는 아쉬움도 있어요. 그런 활동들은 오리악이나 클레르몽페랑 같은 도시까지 한 시간, 한 시간 반 정도 차를 타고 나가야 할 수 있는 일들이죠. 그렇지만 이곳에 살면서 다른 방식으로 문화를 즐기는 법을 배웠어요. 이 지역의 행사들에 참여하면서 꼭 내 취향의 문화가 아니어도 경험하게 되고 새로운 것을 발견하게 됐어요. 직접 나서서 문화 활동을 주최하고, 문화의 소비자가 아니라 주최자, 생산자가 되는 거죠. 그렇지만 가장 그리운 것은 역시 '관계'예요. 적절한 거리가 있는 관계 혹은 자주 보고 쉽게 볼 수 있는 관계들이요.

– 이곳의 첫인상은 어땠나요?

– 나쁘지 않았어요. 처음에는 휴가를 보내러 왔으니까 나쁠 이유가 없었죠. 이사를 와서는 6개월 동안은 힘들었어요. 모든 것이 다 바뀌어서 그랬을 거예요. 제가 속해 있던 사회, 즉 인간관계, 회사까지 모두 정리하고 내려온 것이라서 엄청난 허전함을 느꼈죠. 그 허전함이 너무 커서 두렵기까지 했어요. 몇몇 지인들을 만나는 것 말고는 정말 아무것도 없었거든요. 적응하는 데 1년이 걸렸죠. 아니 1년 반 정도 걸렸던 것 같아요. 가만히 있으면 누구도 내게 오지 않는다는 것을 깨닫고 어색함과 두려움을 떨치고 사람들에게 다가가기까지 걸린 시간이었던 거죠. 취미 활동도 마찬가지였어요. 사진 동호회에 가입하고 싶었는데, 사진

동호회가 없었거든요. 그런데 누군가 그러더라고요. '하고 싶은 활동이 있으면 네가 주체가 돼서 해라.' 그때 깨달았죠. 없으면 만들면 된다는 것을. 그래서 그런 것인지는 모르겠지만 이곳에는 오히려 도시보다 적극적이고 활동적인 사람들이 많아요. 그저 단순한 소비자가 되기를 거부하는, 소비자이기만 하는 환경에서부터 벗어난 사람들이요. 문화의 주체자가 되는 일은 돈을 내고 가입하고 마음이 식으면 그만두는 방식이 아니라 마음이 맞는 사람들을 찾는 일부터 시작되죠. 그 사람들이 모이게 되면 비영리단체를 만들어요. 이윤을 창출하는 것이 목적이 아니니까요. 물론 소소한 목표는 필요해요. 그게 없으면 단합이 잘 되지 않으니까. 그런 식으로 사진 동호회, 그림, 연극, 등산 동호회들이 만들어져요. 모두 자기들의 시간을 할애해서 모임의 발전에 힘쓰죠. 함께 운영하고, 함께 발전하는 것을 모색하는 사람들이 있었기에 이곳에 적응할 수 있었던 것 같아요.

– 새로운 환경에 적응하는 데는 물론 노력도 필요하지만 타고난 성격도 있는 것 같아요. 멜리사, 당신이 보는 당신은 어떤가요? 원래 적응이 빠른 편인가요?

– 환경에 잘 적응하는 편이기는 해요. 지금 새로운 곳에

가서 다시 적응하라고 해도 저는 할 수 있을 것 같아요. 그렇지만 파리와 캉탈은 정말 큰 변화였죠. 조금 힘들었어요. 게다가 직업적으로도 엄청난 모험이었고요. 회사에 다니다가 독립을 했으니까 월급쟁이에서 제가 모든 것을 다 책임져야 하는 상황이 된 거죠. 처음에는 마치 퇴직한 사람처럼 허전함을 느꼈어요. 하루를 어떻게 보내야 할지 몰라서 스트레스를 받았죠. 아는 사람도 없고, 무엇을 어떻게 어디서부터 해야 할지 몰랐고, 모든 것을 새로 만들어나가야 하는 일은 정말 쉽지 않았죠.

– 그렇지만 지금 너무 좋아 보여요. 캉탈에 와서 맞이하게 된 큰 변화 중 하나는 역시 '엄마'가 됐다는 것이겠죠.

– 이곳에 와서 4개월을 보내고 나니 모든 게 불확실하게 느껴졌어요. 바로 일을 하겠다는 생각이 없었죠. 시간을 갖고 내가 살아가야 할 환경을 지켜보면서 적응하고 싶었고, 생각할 시간도 필요했거든요. 그렇지만 지금 생각해 보면 그런 식으로 관찰자가 됐던 것이 썩 좋은 방식은 아니었던 것 같아요. 더 큰 허전함을 느꼈으니까. 활동이 없으니 관계도 없고, 저 자신을 잃어가는 것 같았죠. 그래서 여행을 떠났어요. 6개월의 시간을 두고 여행하면서 이 삶에 대해

진지하게 생각해 보기 위해서요. 여행을 마치고 캉탈에 정착하기로 결심했고, 결심이 서니까 아이도 찾아오더라고요.

- 여행은 어디로 떠나셨나요?

- 차를 가지고 캘리포니아에서 파나마까지 여행했어요. 저에게는 너무 좋은 시간이었죠. 캉탈에서 보낸 몇 개월에 대해 냉정하게 생각해 볼 수 있었거든요. 여행하는 시간 동안 다른 각도로 보고 생각하고, 다른 계획을 세울 수 있게 됐죠. 여행 중에 피에릭과 정말 많은 대화를 나눴어요. 결과적으로 서로 더 가까워졌고, 각자 더 성장하게 됐죠. 캉탈에 있는 집을 개조할 생각을 하면서 행복했어요. 우리만의 공간을 만들면서 뿌리를 내릴 생각을 하니까 정말 제집이 된 것 같았죠. 저 자신을 거리를 두고 냉정하게 바라보는 시간이 필요하더라고요. 스스로를 다시 다지는 시간이요. 여행이 저에게 그런 시간을 허락해 준 거죠.

- 그럼 두 분 모두 휴가를 내시고 떠난 건가요?

- 아니요. 컴퓨터를 가지고 떠났죠. 제가 캉탈에 왔을 때 피에릭은 이미 독립적으로 광고 일을 하고 있었고 그가 거

래하는 고객 중 한 명이 콘서트 광고 작업을 맡겼어요. 피에릭이 혼자 하기에 벅찬 일이었고 다행히 제가 콘서트 광고를 해본 경력이 있어서 그의 제안으로 자연스럽게 합류하게 됐죠. 그래서 여행 중에도 계속 일을 할 수 있었어요. 이메일이나 '스카이프'로 메시지를 주고받으면서 작업을 했고요. 시차를 생각해야 하는 것 외에 크게 불편한 점은 없었어요.

– 그때 그 여행이 그립지는 않나요? 다시 떠나고 싶은 마음이 있으세요?

– 네. 그리고 다시 떠날 예정이에요. 지금은 집을 짓는 데 집중을 하고 있고 다음 해 봄이면 완공이 될 테니까, 이사를 하고 바로 여행을 떠날 계획이죠. 그전보다는 조금 짧은 여행이 되긴 하겠지만. 한두 달 정도 생각하고 있어요. 새로운 삶을 시작하기 전에 다시 한번 정리의 시간을 갖고 싶거든요. 일상을 떠나는 시간이 정말 필요한 것 같아요. 요즘은 정말 더 절실하죠. 피에릭도 딸도 아닌 오로지 나에게만 집중하는 시간을 갖고 싶어요.

– 그런 시간을 갖는 게 일상에서는 불가능할까요? 모두

여행을 떠날 수 있는 건 아니니까……

- 여행을 통해 그런 시간을 갖는 것은 저만의 방식이지만 다른 방법도 얼마든지 가능할 거라고 생각해요. 중요한 건 내가 그런 시간을 나에게 선물하느냐 그렇지 않으냐 하는 거겠죠. 얼마나 시간에 인색한 시대예요! 요즘 내가 나에게 줄 수 있는 최고의 선물은 시간인 것 같다는 생각을 해요.

- 일상에 대해서 이야기를 좀 나눠 볼까요? 문화적인 활동에 대한 갈증을 이야기하셨는데, 이제 조금 해소가 됐나요? 어떤 활동들을 하고 있나요?

- 일단 파리에 살면서 누렸던 것을 이곳에서 그대로 누리고자 하는 마음을 바꾸었어요. 환경이 바뀌면 그에 맞게 변화하는 게 당연한데 자꾸 놓친 것들을 생각하며 사는 건 바보 같잖아요. 이곳에서 할 수 있는 것들을 하며 만족하기로 했고, 실제로 그렇게 느끼고 있죠. 동호회 활동도 하고. 무엇보다 딸아이와 할 수 있는 일들이 있어서 좋아요. 겨울에 스키를 타러 가고, 가을에는 밤을 따러 가고, 아이들과 함께 하는 전시회를 개최하기도 해요. 결국 문화라는 것이 삶을 풍부하게 만들어 주는 것이라면, 저는 그 문화를 잘

누리면서 살고 있는 것 같아요. 지금의 제 삶이 도시에서의 삶보다 오히려 더 풍부하면 풍부했지, 빈곤하다고는 생각하지 않거든요.

– 다시 선택할 수 있다면, 같은 결정을 내리실 건가요?

– 네. 물론이죠. 저는 일단 자신의 내면에 귀를 기울이고, 자신이 정말 원한다고 느끼면 해야 하는 게 맞다고 봐요. 힘들 것이다, 손해를 볼 것이다, 뭐 그런 식으로 계산하며 망설이기에는 너무 인생이 아까워요. 어느 쪽을 선택하더라도 힘든 일은 있잖아요. 시골에 와서 적응하는 일이 쉽지는 않았지만 파리에 남아 있었다고 해도 다른 일들로 힘들었을 거예요. 또 결과적으로 실패했다고 느껴지면 다시 돌아가면 되는 거니까. 뭐든 성공하고 싶다는 마음이 앞서면 그때부터 괴롭죠. 실패를 인정하고 싶지 않아지고. 그냥 해보자, 하는 마음이면 충분하지 않을까요? 모두가 자신에게 조금 더 너그러워질 필요가 있는 것 같아요. 자신에게 더 많은 시간을 줘야 하고요. 아이를 키울 때 다그치고 재촉하면 아무것도 할 수 없는 아이가 되죠. 어른이라고 뭐가 다르겠어요? 저는 제 아이를 다루듯이 저를 다루고 싶어요. 다그치지 않고, 재촉하지 말고. 다 자란 어른이니 뭐든

다 해내야 한다고 생각하지 않아요. 저는 지금 이 삶을 시도해 보는 중이고, 아니라고 생각하면 언제든지 돌아갈 수 있지만, 이 시도가 헛되지 않도록 나에게 충분히 시간을 줘야 한다고 믿어요. 파리에 살든 캉탈에 살든 중요한 건 그것인 것 같아요. 내가 내면의 소리를 듣고, 그 목소리대로 움직였느냐 아니냐 하는 것이요.

– 지금은 여름이지만, 겨울에 이곳에 왔을 때 깜짝 놀랐던 기억이 있어요. 캉탈의 겨울은 악명 높잖아요. 산으로 둘러싸여 있고, 눈이 많이 오고, 칼바람이 불고. 눈 때문에 며칠을 갇힐 수 있다는 이야기도 들었는데, 당신에게 캉탈의 겨울은 어땠나요?

– 저도 처음에는 놀랐죠. 겨울이 너무 길었어요. 추위를 많이 타는 사람이 아닌 데도 너무 혹독했고요. 사람들이 일단 겨울을 나보지 않고 이곳에서 살겠다고 말하지 말라고 하더라고요. 한두 해 겨울을 나보지 않으면 아직 시험을 통과하지 않은 거죠. 이곳의 겨울은 '왕좌의 게임'에서 나오는 모습과 비슷해요. 사실 저에게 힘든 계절은 가을, 10월과 11월 사이예요. 낙엽이 진 풍경이 너무 음울하죠. 겨울만큼 춥지만 아직 아무 일도 일어나지 않는 듯한 느낌이라

고 해야 하나…… 눈이 오면 달라요. 특히 겨울 스포츠를 좋아한다면 말할 것도 없고요. 이곳에서 10분 거리에 스키장이 있거든요. 저는 눈으로 뒤덮인 산을 스노우 슈즈를 신고 오르는 것을 좋아해요. 보이는 모든 것들이 마법 같죠. 대신 겨울에는 무엇을 하든 더 많은 시간이 소요돼요. 차를 타고 나가는 것도 그렇고. 그렇지만 이곳의 겨울은 가슴을 뛰게 하는 무언가가 있죠. 다른 곳에서는 느껴 보지 못했던 느낌이 있어요.

- 마지막으로 중간평가를 내려볼까요? 캉탈에서의 삶, 어떤가요?

- 이제 와서 생각해 보면 힘들었던 것은 사실이에요. 그렇지만 제 인생의 또 다른 시도였고, 시도했다는 것만으로도 만족하고 있죠. 다른 것을 경험했고 설명할 수 있다는 것이 좋아요. 부족한 것을 채우기 위해 조금 더 주체적인 사람이 됐다는 점이 무엇보다 뿌듯하고요. 그렇지만 여기가 제 삶의 종착지라고 생각하진 않아요. 다른 곳이 또 기다리고 있다고 믿거든요. 그런 예감이 들어요. 저에게 펼쳐질 또 다른 삶을 준비하고 있어요. 자신도 있고요. 실패하지 않을 자신이 있다는 뜻이 아니라 도전해 볼 자신이 있다

는 뜻이에요. 그건 분명하죠.

열매를 믿어요

덧창을 여니 올리브나무밭이 보였다. 멀리 산안개에 둘러싸인 픽상루 는 한 세기 이전을 추억하고 한 세기 이후를 노래하는 듯했다.

메마른 땅이다. 그 마른 땅을 견디며 자란 것들은 몸이 비틀렸고 색이 바랬으나 진한 맛과 향을 가지고 있다. 아침 정원에서 따온 향긋한 허브들을 뜨거운 물에 우려냈다. 마천을 잘라 만든 거름망에서 로즈마리, 사향초, 오레가노 향이 올라온다. 머리가 아플 때, 배가 아플 때 약으로도 마신다는 그 허브차가 아침을 단정하게 깨운다. 머리가 아픈 것도 배가 아픈 것도 아니지만 울퉁불퉁한 마음 귀퉁이를 반듯하게 펴기에는 좋은 듯하다. 햇살이 좋은 여름날에 나무를 향해, 들판을 향해 손을 뻗어 잡히는 대로 툭툭 끊어 넣으면 그것이 남프랑스의 맛이라고 말하는 멜라니의 얼굴에 자부심이 느껴진다. 자신과 자신이 발을 딛고 있는 땅이 내면에서 하나가 된 사람 같다. 그러고 보니, 멜라니는 좀처럼 집을 떠나지 않는다. 그녀는 다른 곳에서 무언가를 찾으려고 하는 사람이 아니다. 올리브나무밭이 있고, 픽상루가 보이는 그녀의 집, 그곳이 그녀의 휴식이자 위로다. '여기 아닌 다른 곳', 그것이 얼마나 커다란 착각인지 잘 알고 있다고 말했다. 그리 먼 곳까지 떠나본 적도 없는 사람이 어떻게 그런 것은 알고 있을까? '다른 곳'이 금세 '여기'가 된다는 것을, 아무리 멀리 달아나 봐야 내 안의 나는 나를 벗어날 수 없다는 사실을 멜라니는 조금 일찍 깨우친 모양이다.

아침 식탁에는 버터 대신 올리브유가 올라왔다. 반듯한 글씨체로 2018, OLIVES라고 적혀 있는 유리병에는 지난해 정원에서 수확한 올리브로 만든 기름이 담겨 있다. 동네 방앗간에서 직접 짜온 것이라고 했다. 뚜껑을 열자 진한 향이 오감을 자극한다. 신선한 올리브유는 마냥 느글느글하지 않다. 혀끝을 살짝 자극하는 매콤한 맛과 쓴맛 그리고 입안에 감기는 부드러움이 느껴져야 진짜 올리브유다. 멜라니는 2018년의 햇살이 농축된 그 귀한 오일을 바삭하게 구운 빵 위에 듬뿍 뿌렸다. 금세 반질반질하게 빵을 휘감는 오일이 축복처럼 느껴졌다.

아침의 촉촉한 기운은 온데간데없이 사라지고 어느새 한낮 같은 태양이 멜라니의 주방 곳곳을 비춘다. 2018년 올리브유, 아몬드 오일, 살구잼, 모과잼…… 알뜰하게 모아 둔 빈 병 속에 지난 한 해 정원에서 수확한 열매들이 담겨 있다. 작은 열매 하나하나에 일 년이라는 시간이 담겨 있음을 생각하면, 그녀가 '여기' 아닌 '다른 곳'을 기웃거리지 않는 이유를 알 것도 같다. 결국 작은 열매 하나의 가치를 제대로 깨닫기 위해 누군가는 온 지구를 돌고 돌아 제자리로 오지 않던가. 원래의 자리에서 변함없이 피고 지고 열매 맺는 그것을 알아보기 위하여.

"이게 내 자랑이야."

멜라니가 말했다. 재활용 병들 속에 가득 담긴 열매들의 행복한 운명. 멜라니가 지금 누리고 있는 이 모든 것들이 얼마나 오래 견디고 얻어낸 것인지를 알고 있는 나로서는 그녀가 그저 대견할 뿐. 때때로 누군가의 행복 앞에 입술을 삐죽거리며 질투했던 마음들이 그녀 앞에서는 저만치 달아난다.

멜라니는 아주 어릴 때부터 용돈을 받은 적이 거의 없다. 중학교 때부터 시작한 아르바이트 역시 교사가 되기 전까지 한시도 쉰 적이 없었다. 언젠가 전화기 넘어 울먹이던 멜라니의 목소리를 기억한다. '이동 중에 차 안에서 먹는 밥이 아니라 식탁에 앉아서 여유롭게, 제대로 밥을 먹을 수 있는 날이 내게 올까? 다달이 월세 내는 일을 걱정하지 않아도 되는 날이 올까?'라고 묻던 스물여섯의 멜라니. 그때 우리는 모두 다 끝이 없는 터널 속에서 무거운 다리를 질질 끌며 절뚝거리고 있었다. 제발 나와라, 빛 한 줄기만 제발 나와라, 하는 마음으로.

"그때는 한 달에 딱 100유로만 남았으면 좋겠다고 생각했는데…… 꼬박꼬박 들어가는 돈을 모두 다 내고도 딱 100유로가 남아서 화장품도 사고, 옷도 사 입을 수 있다면 더 이상 바랄 것이 없겠다 싶었는데……"

몸 안으로 따뜻하게 퍼지는 허브차를 마시면서 그 시절의 이야기를 꺼내 함께 웃는다. 아르바이트 때문에 밤늦게 위험한 지역을 돌아다녀야 할 때는 오래된 고물차 안에 몽둥이를 들고 다녔다고 했다. 언젠가 한 번은 일을 마치고 돌아오는 길에 누군가 목을 조르며 주머니에 있는 20유로를 빼앗아갔더랬다. 길바닥에 패대기 처져 있는 자신의 꼴이 하도 화가 나서 손에 잡히는 나무 막대를 하나 쥐고, 유유히 도망치는 도둑놈을 향해 돌진했다고 했다.

"그래서? 어떻게 됐어?"

놀란 눈을 하고 묻는 M과 나에게 멜라니는 남부 사투리가 진한 특유의 가벼운 말투로 대답했다.

"어떻게 되긴 어떻게 돼? 20유로 다시 찾아왔지. 몽둥이 들고 소리 지르면서 달려드니까 미친년인 줄 알고 20유로 던지고 도망치더라. 그때 그 몽둥이가 지금도 침대 밑에 있어."

'멋진 미친년이다'라고 놀리며 다 함께 웃었지만, 몽둥이를 들고 달려갔을 때 그 절박했던 마음이 멜라니의 얼굴에 옅은 주름이 되어 남아 있는 듯했다. 생각해 보면, 몽둥이를 쥐고 쫓아가고 싶었던 순간이 얼마나 많았던가. 엎어져서 우는 게 짜증 나서 차라리 때려 부수고 싶었던 마음들을 누르기가 버거웠던 시간들은 또 얼마나 길었던가. 나는 그렇게 한없이 비틀리는 몸과 마음이 미운 날에 늘 멀리 달아나는 꿈을 꾸었다. '여기' 아닌 '저기'에, '나' 아닌 '내'가 되기를 소망하면서……

몇 년 전, 멜라니에게서 메일 한 통을 받았다. 지금 살고 있는 이 동네를 구석구석 찍은 사진과 설계도 한 장이 첨부된 메일에는 이제 곧 집을 짓게 됐다는 소식이 담겨 있었다. 평생 용돈 한 번 제대로 준 적이 없었던 멜라니의 아버지는 할머니가 유산으로 남기신 땅에 집을 짓고 살라고 용돈 대신 모아 놓은 통장을 선물로 주셨다고 했다. 물론 멜라니가 어릴 적부터 차곡차곡 모아 놓은 적금 통장도 집을 짓는데 큰 몫을 했다. 나는 안다. 통장에 쌓인 것은 멜라니가 구두쇠처럼 아껴 모은 돈이 아니라 오래된 스웨터와 고물이 된 차, 유행이 한참 지난 아디다스 운동화, 10년도 넘은 가방, 몽둥이를 들고 달려야 했던 그녀의 시간이었음을.

멜라니는 예전의 알뜰한 습관을 버리지 않았다. 유리병 하나 함부로 버리지 않는다. 할머니에게서 받은 유품들이 그녀의 그릇장을 가득 채우고 있으며 딸, 멜로디의 방은 멜라니가 어릴 적 쓰던 침대, 옷장, 책상으로 채워져 있다. '모두 좋은 것들이다'라고 자신감 있게 말하는 그녀의 오래된 모든 것들은 더 이상 가난이 아니다. 그것은 자부심이자 철학이며 누군가의 성장, 열매 맺은 시간임이 분명하다.

픽상루 산맥이 내려다보는 곳, 손을 뻗어 한 움큼 쥐면 남프랑스의 맛이 뚝뚝 떨어지는 곳, 이제 그곳에 다부지게 뿌리를 내린 멜라니가 바라는 것은 오직 하나, 남편과 멜로디와 기네스북 최장수 기록을 곧 깰지도 모르는 토끼 한 마리와 행복하게 사는 것이라고 한다. M과 나는 그녀의 말에 그저 가볍게 고개를 끄덕였다. 호들갑을 떨며 응원할 것도 없다. 우리가 아는 멜라니는 원하는 것을 반드시, 당연히 이뤄내는 사람이니까.

햇살에 반짝이는 올리브나무 앞을 보며 생각한다. 지금 어딘가에서 메마른 땅을 견디고 있을 누군가에게 이 풍경을, 이 향기를 전해주고 싶다고. 나는 언젠가 당신의 나무에서 열리게 될 열매를 미리 맛보고 왔다고. 당신의 시간과 오늘의 감사한 햇빛이 농축된 귀한 열매들이 주렁주렁 열려 있는 풍경을 내가 지금 보고 있다고. 그러니 잠시 뒤틀린다 하여도 뿌리째 뽑아 내던지지는 말자고, 몽둥이를 들고 자신을 때리지는 말자고, 미친년이 돼도 좋으니 차라리 달려들자고, 흔들려도 뒤틀려도 뽑히지는 않는 나무가 되자고.

반드시 열릴 당신의 열매를 기다리고 있는 누군가를 위해.

무엇보다 당신 자신을 위해.

Mélanie

멜라니와의 만남

- 멜라니, 독자분들을 위해 자기소개를 부탁해도 될까요?

- 제 이름은 멜라니 프뤼도르에요. 나이는 33살이고 결혼을 했고 22개월 된 딸이 있어요. 딸 이름은 멜로디이죠. 남편이 지은 이름이에요. 멜라니, 멜로디. 잘 어울리죠? 저를 닮았으면 해서 지은 이름인데 제 눈에는 남편을 더 많이 닮은 것 같네요. 우리 가족은 현재 프랑스 남부 지방의 발플로네스에서 살고 있어요. 제 직업은 교사이고, 교사가 된 지도 벌써 7년이 지났네요. 프랑스에서는 사람을 만나면 일단 날씨 이야기를 해요. 그다음은 '어디 출신인지'를 묻죠. 워낙 다양한 국적의 사람들이 살고 있고, 고향도 가지각색이라서 그럴 거예요. 저는 남프랑스에서 태어났고 남프랑스에서 자랐어요. 지금 이곳을 기준으로 동쪽에 있는

'갸르(Gard)[1]'의 '알레스(Alès)'가 제 고향이죠.

- 프랑스 남동부에 위치한 곳이죠. 어떤 고장인가요?

- 갸르는 세벤느로 들어가는 길에 있어요. '세벤느의 수도'라고 말하기도 하지만 사실은 시골이나 다름없죠. 사람들도 순수하고…… 햇살이 정말 좋은 곳이에요. 프랑스에서 가장 더운 지방이라고 할 수 있어요. 자갈이 많고, 흙이 붉고, 석회질이 풍부한 땅에서 자라는 포도나무가 이곳에서 나온 와인만의 특색을 만들어요. 과일 향이 풍부한 와인이죠. 보르도 같은 묵직한 와인에 비해 조금 더 가벼운 편이라서 편하게 마시기에 좋아요.

- 고향을 생각하면 떠오르는 색깔이 있나요? 있다면 그 이유는 무엇일까요?

- 저는 노란색과 녹색을 뽑겠어요. 사실 제가 자란 고장은 건조한 편이에요. 다른 지방에 비해 유독 더 푸르른 곳은 아니죠. 그렇지만 유년기 시절의 봄을 생각하면 역시 푸르렀던 숲과 연녹색의 풀밭이 먼저 떠올라요. 숲에 자주

---

1 갸르는 랑그독 루씨용(현재는 오시타니아)지역에 속하는 주(département)로 갸르 강을 따라 이름을 붙인 곳이다. 론강과 세벤느 산맥 사이에 위치하고 있다.

갔었죠. 그곳이 제 놀이터였거든요. 나무가 얼마나 컸는지…… 그 나무들을 타고 올라가면 다른 세계가 있을 것 같았어요. 곧장 하늘로 이어질 것 같았죠. 노란색은 태양 때문이에요. 남프랑스를 말하면서 태양을 빼놓을 수는 없잖아요. 제 까무잡잡한 피부는 남부의 태양이 만든 거죠. 북부에서 자란 남편은 여름만 되면 강렬한 태양 때문에 괴로워해요. 피부가 너무 하얗고 얇아서 주근깨가 많이 생기기도 하죠. 그래서 늘 선크림을 바르고 다녀야 해요. 물론 저는 아니죠. 해변에 갈 때를 제외하고는 선크림을 바르고 다닌 적이 없어요. 태양에 그을린 얼굴이 늘 멋지다고 생각해왔어요. 제가 어렸을 때 어른들이 주근깨를 '행복한 얼룩'이라고 불렀는데, 그래서 그런지 남편의 얼굴에 주근깨가 생기는 것이 좋더라고요. 행복한 사람 같잖아요. 실제로 햇빛을 많이 쐬는 게 우울증 예방에도 좋고요.

– 주근깨가 많은 행복한 어린 시절을 보냈나요? 어린 시절의 이야기를 듣고 싶어요.

– 저는 외동이에요. 그래서 주로 혼자 놀았죠. 동네에서 그네를 타고, 자전거를 타기도 하고. 아파트에 살아서 그랬는지 정원이 있는 집들을 부러워했어요. 그래서 할머니 댁

에 자주 갔죠. 할머니 댁에는 커다란 정원이 있었거든요. 장미가 많았죠. 할머니는 오후 다섯 시가 되면 장미에 물을 주셨어요. 비가 많이 오지 않는 곳이니까. 할머니가 돌아가시고, 할머니가 쓰시던 물뿌리개를 가져왔어요. 지금은 제가 쓰고 있죠. 저희 집에는 할머니의 물건이 많아요. 제가 워낙 잘 버리지 않는 성격이기도 하고, 외동이라서 받은 것도 많아요. 온전히 다 저의 차지가 된 거죠.

어릴 적에 좋아했던 것 중 하나는 아버지와 함께 떠나는 낚시였어요. 가을에는 숲에서 버섯을 따는 게 좋았고요. 그 추억들 때문에라도 프랑스 남부를 떠나고 싶지 않았어요. 이곳을 떠나 다른 곳에서 사는 일은 상상만 해도 슬펐죠. 대학 때 잠깐 남편의 고향인 노르망디에서 살았던 적이 있었는데, 그때 심한 우울증을 앓았어요. 흐린 하늘도 비도 축축한 옷도 너무 싫었죠. 음식도 입에 맞지 않았고요. 노르망디에서는 요리에 크림, 버터를 많이 써요. 남프랑스에서는 무조건 올리브유죠. 토마토, 마늘, 향긋한 허브. 그 건강한 맛이 얼마나 그리웠던지…… 대학 친구들이 카르보나라를 만들어 먹을 때 저는 올리브유, 마늘, 토마토를 넣은 파스타를 만들어 먹었죠. 그건 양보할 수 없어요. 지금도 저희 집에서는 남부지방 요리를 먹어요. 남편이 가끔 까망

베르와 크림소스를 그리워하긴 하지만……

– 지금 떠오르는 어린 시절의 한 장면을 이야기해 주실 수 있나요?

– 부활절이었어요. 저희 집에는 정원이 없으니까 할머니 집에 부활절 달걀을 찾으러 갔죠. 아마 7살 때였을 거예요. 부활절에 할머니 집에 가면 할머니, 할아버지가 정원에 초콜릿 달걀을 숨겨 두셨죠[2]. 한 번은 할아버지 할머니가 초콜릿 가게에서 정말 맛있고 비싼 초콜릿 달걀을 사서 정원에 숨겨 두셨는데, 저보다 강아지가 먼저 초콜릿을 발견한 거예요. 강아지가 그 초콜릿 달걀을 모두 먹어 치웠죠. 그런데 강아지에게 초콜릿은 독이거든요. 절대 초콜릿을 먹여서는 안 돼요. 온 가족이 놀라서 강아지를 동물병원에 데려갔죠. 어른들은 심각했지만 어린아이였던 저는 그게 너무 웃긴 거예요. 부활절 달걀 초콜릿을 먹어 치운 강아지라니…… 생각하면 아찔하지만 그 강아지 얼굴을 생각하면 웃음이 나와요. 갑자기 그 장면이 떠오르네요.

2 프랑스에서는 부활절에 아이들이 초콜릿으로 된 달걀, 토끼, 닭을 사냥하는 전통이 있다. 예전에는 교회 근처의 숲에 초콜릿 달걀, 토끼, 닭을 숨기면 아이들이 그것을 찾았다고 하나, 이제는 가정에서 어른들이 정원에 초콜릿을 숨기고, 아이들이 그것을 찾는 놀이를 한다.

– 모두 프루스트의 마들렌 같은 것을 하나쯤은 품고 산다고 하잖아요. 당신은 어떤가요? 순식간에 어린 시절, 그 때 그 순간으로 돌아가게 만드는 그런 음식이 있나요?

– 엄마는 요리를 정말 못했어요. 그래서 어린 시절의 요리라고 하면 언제나 할머니 요리를 떠올리게 되죠. 일요일에는 주로 외할머니댁에 가서 도브를 먹었어요. 도브는 야채를 넣어 만든 소스를 곁들이는 송아지 요리예요. 라따뚜이도 즐겨 먹었죠. 계절 야채, 콜리플라워 튀김, 할머니가 가끔 가르디안느 드 또로를 해 주셨는데, 황소고기와 소스, 당근과 감자가 들어가는 요리로 쌀을 곁들여서 먹는 요리죠. 갸르 사람들은 이 음식을 아주 좋아해요. 낚시로 송어를 잡은 날에는 송어를 먹었어요. 송어를 특별히 좋아한 것은 아니었지만, 아버지와 함께 잡아 온 것을 요리해 먹는다는 게 즐거웠던 것 같아요. 저는 치즈를 싫어했어요. 지금도 좋아하지 않고요. 저희 고장에 맛있는 치즈가 많지만 저는 먹지 않아요. 사실 저희 가족이 다 그렇거든요. 믿기지 않겠지만 치즈를 싫어하는 프랑스인들도 있답니다. 디저트는 주로 간단한 것들이었어요. 사과튀김, 크레프 같은 것들이요. 저는 어린 시절에 먹던 음식들을 지금도 즐겨 먹고 있어요. 할머니의 요리가 할머니의 주방에서 제 주방으로

온 거죠.

- 청소년기에는 무엇을 하며 시간을 보냈나요?

- 숲과 들판에서 보냈던 어린 시절이 지나가고 청소년기에 들어서면서부터 많은 게 달라졌어요. 그때는 시골이 답답하게 느껴졌죠. 물론 할머니 집에 가는 일도 뜸해졌고요. 그 나이 또래들이 그렇듯이 주로 친구들과 시간을 보냈어요. 옷가게를 구경하러 시내에 나갔죠. 그때부터는 시골보다는 도시 생활을 했어요. 극장에 가거나 클럽에 가기도 했고요.

- 그 당시 프랑스 청소년들의 문화가 궁금해요. 한국과는 많이 달랐겠죠. 기억나는 유행이 있어요? 음악, 옷, 영화 같은 것들이요.

- 저는 주로 댄스 음악을 들었어요. 가끔은 펑크도 들었고요. 'Sun 41'이라는 그룹의 'in too deep'이라는 노래를 좋아했죠. 그렇지만 그 노래가 그 시절을 대표하는 음악이라고 할 수는 없을 것 같네요. 그냥 제 취향이었던 거죠. 패션은 지금 유행하는 것들과 크게 다르지 않았던 것 같은데…… 여자애들은 밑이 짧은 배기 바지를 즐겨 입었어요.

그렇다고 스케이트 보드룩은 아니었고. 티셔츠는 배꼽이 보일 정도로 짧은 것을 입었죠. 팔찌, 목걸이를 여러 개 차고 피어싱을 하고 Kangol의 벙거지 모자와 베레모를 썼어요. 드라마는 도슨의 청춘 일기, 버피와 뱀파이어, 하트브레이크 하이스쿨을 봤고 영화는 무조건 레오나르도 디카프리오였죠. 그때 타이타닉이 나왔거든요!

- 첫사랑도 찾아왔고요?

- 아니요. 첫사랑은 조금 늦었어요. 대학 때였죠. 대학교에 막 들어갔을 때 첫사랑을 만났어요. 금발머리에 소년 같은 남자가 저의 이상형이었는데 딱 그런 사람을 만난 거예요. 그래서 연애를 하게 됐고 함께 살게 됐죠. 그러다가 만난 지 11년 만에 결혼을 했네요. 저는 지금 첫사랑과 함께 살고 있어요.

- 대학에서 무엇을 전공하셨나요?

- 문학을 전공했어요. 그러니까 문학, 예술과 18세기, 19세기 그리고 20세기 문학을 공부했죠. 저는 특히 17, 18세기 문학과 «우화»와 우화 작가들, 라퐁텐느 이후로 쏟아져 나온 우화들에 대해 관심이 많았어요. 앙투안 라모트

(Antoine Houdar de La Motte)에 대한 논문을 쓰기도 했는데, 사실 그 작가에 대해 아는 사람이 많지 않아요. 우화를 전문으로 쓴 작가는 아니었거든요. 전문가들의 논문에서나 인용되는 작가였죠. 재미있는 것은 그 시대에는 매우 유명했던 작가라는 거예요. 다만 후대로 이어지지는 않은 거죠.

- 대학 시절에 특별한 목표 의식 같은 게 있었어요? 구체적인 진로, 계획 같은 것들이 있으셨는지 궁금해요.

- 솔직히 말하자면 저는 그저 즐기고 싶었어요. 교수 혹은 교사가 되기 위해 시험을 치고 싶은 생각이 있기는 했지만 일단 삶을 즐기는 게 우선이었죠. 일 자체가 목적이 된 적은 없었어요. 일은 그저 제 삶을 즐기기 위한 수단이었죠.

- 많은 프랑스 학생들이 대학에 들어가면 독립을 하죠. 물리적으로 또 정신적으로. 멜라니 당신도 대학에 들어가면서 독립을 했나요?

- 맞아요. 그때 독립을 했죠. 작은 아파트를 빌렸어요. 집을 구할 때는 할아버지 할머니의 도움을 받았어요. 보증

금을 낼 수 있을 만큼 부자는 아니었으니까. 생활비는 장학금과 정부에서 받는 주택 보조금으로 충당했고요. 혼자 장을 보고 음식을 만들고 수업을 들으러 가고, 그러니까 그때부터 어른의 삶이 시작된 거죠. 물론 먹고 사는 것 외에 다른 활동은 할 수 없었어요. 외식을 하거나 극장에 가는 일은 어려웠죠. 그래서 여기저기, 주로 친구네 집을 돌면서 놀았어요.

– 막연했던 계획이라고 하셨지만 결국 교사가 되셨잖아요. 교사를 직업으로 선택한 계기 같은 게 있을까요?

– 딱 하나를 꼬집어서 말할 수는 없을 것 같아요. 저는 늘 교사가 되길 원했거든요. 어느 학년을 가르치느냐는 중요하지 않았죠. 고등학교 때부터 교사가 되는 게 목표였어요. 물론 교사라는 직업에 대해서 구체적으로 생각해 본 적은 없었고요. 결국 초등학교 교사를 하기로 결정했는데, 지금 살고 있는 이 지역에 머물 수 있다는 것이 선택의 가장 큰 이유였어요. 교수가 되려면 국가시험을 봐야 해요. 어디서 일하게 될지 미리 알 수가 없죠. 교사는 달라요. 지역 시험을 치거든요. 그래서 자신이 어느 고장에서 일하게 될지 알 수 있죠. 그러니까 미래를 계획하기가 조금 더 쉬워요.

저는 5년 동안 공부를 했고, 2년 동안 시험 준비를 했어요. 그 시간 동안 정말 이 일을 하는 게 맞는 것인지 많이 망설였어요. 경제적으로도 힘들었고요. 그렇지만 결국 시험을 통과했고, 교사가 됐네요. 저는 기간제 임시 교사가 되기를 선택했어요. 그러니까 아프거나 휴직을 한 교사의 대리 교사인 거죠.

- 주위에 교사가 된 친구들로부터 요즘은 교사에 대한 인식이 많이 달라졌다는 이야기를 들었어요. 예전 같지 않다는 말들을 많이 하더라고요. 당신 생각은 어때요? 정말 많이 달라졌나요?

- 요즘은 정말 교사로서 일하기가 힘든 것 같아요. 괜한 불평이 아니라 예전과는 분명히 다르죠. 예전에는 교사라는 직업에 대해 환상 같은 것을 가지고 있었죠. 어렸을 때 여러 선생님들을 거쳐 오면서 닮고 싶은 선생님도 있었고, 그렇지 않은 선생님도 만났고요. 그래도 선생님은 저에게 이상향 같은 것이었어요. 그런데 이 일의 이면을 알게 되고 나니, 현실은 그렇지 않더라고요. 보통 교사라고 하면 학교에서 선생님으로서 권위를 가지고 있고, 학부모들에게 존중을 받을 것이라고 생각하죠. 하루 종일 당신의 아이와 함

께 있는 사람이고 하루에 8시간씩 당신의 아이와 함께 있는, 당신의 아이를 잘 아는 사람. 옛날에 시골에서 가장 존경을 받는 사람을 뽑으라면 신부님과 면장님과 선생님, 이렇게 셋이었다고 해요. 그래서 처음 이 일을 시작할 때는 가치를 인정받는 일을 한다고 생각했어요. 그러나 시간이 지나면서 전혀 그렇지 않다는 것을 깨달았죠. 어떤 때는 베이비시터 같은 느낌도 들어요. 이 직업에 대한 사람들의 시선이 부정적으로 변하고 있죠. 아무것도 하지 않는 게으른 사람들로 보거나 그저 보모 혹은 시험을 위한 지식 전달자 정도로 생각하기도 하고요. 25명의 아이들을 책임져야 한다는 것이 무엇인지, 어떤 의미인지를 잘 모르는 것 같아요. 하루 종일 아이들에게 관심을 쏟고, 무언가를 주입하는 것이 교사의 역할이에요. 그리고 이 역할을 해내기 위해서는 본보기가 되어야 하죠. 각자만의 방식으로 지식을 전달하지만 아이들이 모두 다르다는 것만큼은 인지하고 있어야 하고요. 어떤 아이들은 저것을 원하고, 또 어떤 아이들은 그렇지 않으니까. 어떤 아이들은 빨리 배우고 또 그렇지 않은 아이들도 있죠. 장애가 있는 아이도 있고요. 이 모든 것들을 염두에 둬야 해요. 결코 쉬운 일이 아니죠. 예전에는 한 학생을 훈육하면 거기서 끝이 났어요. 이제는 그렇지 않아요. 부모님이 찾아오시죠. 학부모님들과 불편해지는 것이 무서워서 그저 학생이 옳다고 말해야 할 때도 많아요. 더는 학생에게 제대로 된 가르침을 줄 수 없게 된 것 같다는 자괴감에 빠질 때가 많아요. 그런 마음이 들면 이 일을 하는 게 괴롭죠.

– 그럼에도 불구하고 교사로서 행복한 순간들은 분명히 있지 않을까요?

– 저는 기간제 임시 교사이니까 일 년 내내 전담하는 학생들은 없어요. 그렇지만 어떤 아이들은 2, 3일만 함께 지내도 이별을 힘들어하죠. 제가 떠날 때 눈물을 흘리는 아이들도 있거든요. 그럴 때마다 감동을 받아요. 혹은 학부모님들이 '벌써 떠나세요?'라고 물으실 때도요. 어느 학생의 아버지가 이렇게 말씀하셨어요. "제 딸이 선생님들 말을 듣지 않는 아이인데, 선생님이 떠나신다고 밤마다 울어요. 선생님이 오신 이후부터 학교에 가는 것에 재미를 느꼈다고 하네요. 선생님과 헤어지는 게 아이한테 힘든 모양이에요." 사실 이런 말을 들으면 행복하죠. 임시 교사라는 게 불안정한 면이 없지는 않지만, 저는 이런 식으로 일하는 게 더 좋아요.

- 그럼 반대로 힘들 때는 어떤 순간들이죠?

- 방금 말했던 순간들이 행복하기도 하면서 힘들기도 해요. 동료가 맡고 있는 반에 발을 들여놓았지만 진짜 내 집은 아닌 거죠. 장점도 있지만 단점도 있어요.

위탁가정에서 생활하는 '시모나'라는 여자아이가 있었어요. 그 애는 엄마가 유흥업소를 다니는 여성으로 양육권을 되찾기 위해서 마약 중독을 치료받는 중이시죠. 시모나는 위탁가정에서 학대까지는 아니지만 '없는 아이' 취급을 당하며 살고 있었어요. 정을 그리워했죠. 제가 시모나의 반을 여러 번 5, 6일씩 맡았었는데, 떠날 때마다 아이가 울어서 힘들어하더라고요. 시모나는 조금만 관심을 보여줘도 금세 마음을 주는 아이였죠. 이런 경우는 임시 교사라는 게 조금 답답해요. 그 아이를 적극적으로 보살펴 줄 수 없으니까.

- 지금 하는 일이 당신의 평생 직업이라고 생각하시나요?

- 모르겠어요. 정말 원하는 게 무엇인지, 선택의 여지가 있기는 한 것인지, 지금은 잘 모르겠네요. 몇 년 전에만 해

도 '그렇다'고 대답했을 거예요. 지금은 현재의 상황이 변하지 않는다면, 담임이 되어서 반을 맡고 싶지는 않아요. 지금은 기간제 임시 교사라는 것에 만족해요. 여러 반을 돌아다니고, 한 곳에 묶여 있지 않고 계속 바뀌는 것이요. 그렇게 하면 적어도 계급에 의해 의무적으로 해야 하는 일들을 피해갈 수 있으니까. 요즘 사람들은 교사를 월급을 받으면서 여유롭게 방학까지 즐기는, 불평할 것 없는 사람으로 보죠. 그래서 요즘 청소년들은 장래 희망으로 교사를 뽑지 않는다고 해요. 몇몇 학부모님들이나, 한 번도 본 적 없는 장학사님들 눈에 저희들의 직업이 가치 없는 일이 되어가고 있는 현실이 싫어요. 근무 환경은 점점 나빠지는데 월급은 변함이 없고요.

– 멜라니, 지금 당신이 살고 있는 집은 부부가 설계부터 시공까지 적극적으로 참여한 집이죠?

– 맞아요. 설계부터 시공까지 2년이 걸렸어요. 원하는 집의 모습을 그려서 건축가를 찾아갔죠. 그리고 전문적인 기술이 필요한 부분을 제외하고는 저희 부부가 공사에 직접 참여했어요. 남부에서 흔히 볼 수 있는 집이에요. 몸체는 반듯한 사각형, 그 위에 지붕이 얹어져 있죠. 프로방스

지붕 장식이 있고, 색깔은 바랜 듯한 느낌이 나는 붉은색과 오렌지색 사이예요. 건물의 외관은 밝은 베이지색, 모래색에 가깝죠. 아주 심플해요. 테라스가 있고 넓은 정원에는 올리브나무가 있어요. 2년 전에 수영장을 만들었어요. 수영장이 필요하다고 생각했거든요. 여름에 정말 더우니까. 에어컨과 수영장 중에 수영장을 선택했죠. 이층집이에요. 창이 커서 빛이 잘 들어오고요.

– 결국 남프랑스를 떠나지 않았어요.

– 조금 전에 말했듯이 노르망디에서 살았던 적도 있어요. 일 년 정도. 정말 추운 곳이었죠. 이곳에 남아 있는 중요한 이유 중 하나는 기후예요. 햇빛을 보며 살 수 있다는 건 정말 축복이죠. 그리고 언제나 이곳이 제집이라고 여기며 살아왔으니까 어찌 보면 당연한 거죠. 지금 제가 살고 있는 이 땅은 할아버지에게 물려받은 거예요. 여름 방학 때마다 이곳에 왔었죠. 이 땅을 유산으로 받았을 때, 여기에 집을 짓겠다고 결심했어요. 그래서 이곳에서 멀지 않은 곳에 일자리를 찾았고, 돈을 열심히 모았죠. 툴루즈에 살 뻔한 적도 있긴 한데, 실제로 6, 7년을 살기도 했고요. 그곳도 기후가 좋은 편이거든요. 겨울이 조금 추웠지만, 어쨌든 그곳에

서 지낸 시간도 나쁘지는 않았죠. 그렇지만 선택을 해야 하는 순간에는 결국 이곳이었죠. 집이니까, 이곳이 언제나 제 집이었으니까.

– 한국 사람들에게 이 고장의 대표적인 요리를 추천해 준다면 뭐가 있을까요?

– 역시 라따뚜이죠. 올리브유에 야채와 허브를 넣고 졸이는 음식인데 아주 맛있어요.

– 남프랑스를 여행하는 한국 사람들에게 도움이 될 만한 여행 팁이 있을까요?

– 어떤 곳인지 미리 알아보고, 공부하고 오면 좋을 것 같아요. 책에서만 봤던 곳을 실제로 만났을 때 감동이 크잖아요. 망설이지 말고 현지인들에게 물어보면 좋을 것 같고요. 관광 안내소도 적극적으로 이용해 보세요. 인터넷에 없는 정보들을 얻을 수 있을지도 몰라요. 특히 레스토랑에 대한 정보들이요. 저는 레스토랑만큼은 인터넷에 적힌 정보를 믿지 않는 편이에요. 관광 안내소 직원들은 주로 현지 사람들이고, 그들은 그 동네에서 제일 맛있는 곳이 어디인지 잘 알고 있죠. 제가 사는 발플로네스(Valflaunes)에 오신다면,

픽생루(Pic Saint Loup)산과 호르튀스(HORTUS)산을 추천해요. 살라구(Salagou) 호수도 아주 독특하죠. 흙이 붉은색이거든요. 님(Nîmes)도 너무 아름다운 도시예요. 폐허가 된 옛 유적, 옛 경기장이 있고……

– 작년에 예쁜 딸이 태어나면서 엄마가 되셨어요. 엄마로서 삶은 어떨까 궁금해요. 아이를 갖겠다고 결심한 계기 같은 것이 있을까요?

– 아이는 계획 임신이었어요. 어렸을 때는 아이를 갖고 싶지 않았죠. 정작 아이를 원했던 것은 남편이었어요. 그가 간절히 원하고 있다는 것을 느꼈죠. 저는 아니었어요. 그렇지만 11년 연애 끝에 결혼을 했고, 시간이 지나면서 생각지도 못한 감정들이 찾아왔죠. 아이를 낳은 친구들을 보면서 우리에게 아이가 있다면, 하는 생각도 들었고요. 저는 30살에 제 딸을 낳았어요. 아이를 갖겠다고 결심을 했고, 계획 임신이지만 오랜 시간이 걸리지는 않았어요. 만약 1년 반, 2년 정도 시도를 해서 생기지 않았더라면 포기했을 거예요. 없어도 괜찮다고 생각했었으니까. 운이 좋게 단번에 임신이 됐죠. 아이가 있다는 건 정말 행복한 일이지만 둘째를 낳을 생각은 없어요. 아이가 외롭지 않겠냐고 말하는 사

람들도 있지만 저도 외동딸이었고, 아버지 역시 외아들이었기 때문에 잘 알죠. 형제, 자매가 있는 사람들보다 더 외로웠다고는 생각하지 않아요. 저희 둘 다 모두 잘 살았거든요. 한 명만 낳겠다는 것은 저희 부부의 선택이에요. 아이를 키우는 데 들어가는 비용도 무시할 수 없으니까. 아이가 원하는 삶을 살 수 있도록 가능하면 모두 주고 싶어요. 그러기 위해서는 다른 곳도 마찬가지겠지만 프랑스에서도 돈이 필요하죠. 현실적으로 저희들의 능력으로 둘은 힘들어요. 물론 아이를 키우는 데 돈이 다가 아니라는 것은 저도 잘 알고 있어요. 그렇지만 본인이 자신의 인생을 책임져야 하는 나이가 되기 전에, 돈 때문에 가능성을 포기하게 만들고 싶지는 않아요. 그렇다고 무작정 남편과 제 삶을 희생시키고 싶지도 않고요. 저는 이것도 가정을 꾸려가는 지혜라고 생각해요. 내가 할 수 있는 한도 안에서 최고를 누리는 것이요.

– 쉬는 날, 아이와 보내는 하루는 어때요?

– 일단 아이가 일어나면 남편이 아이에게 아침을 먹여요. 저는 아이 옷을 입히죠. 날씨가 좋으면 공원에 가거나 정원에서 놀아요. 자전거를 타고 마을을 돌기도 하고. 날이

흐리면 집 안에서 놀죠. 친구를 만나러 가기도 해요. 점심을 먹고, 아이는 낮잠을 자죠. 그사이에 저는 요리를 해요. 전화를 하거나 티브이도 보고 인터넷도 하고…… 보통 어른들이 하는 일이요. 그리고 아이가 일어나면 간식을 먹고 함께 놀아요. 날씨가 좋으면 밖에서, 흐리면 안에서. 그리고 남편이 퇴근하고 와서 목욕을 시키고 저는 저녁을 준비하죠. 아이에게 이야기를 들려주고 재우죠.

– 아이가 잠을 안 자려고 할 때나 울 때, 아이를 달래는 자신만의 팁 같은 게 있을까요?

– 솔직히 아이가 아프면 어떤 방법도 통하지 않아요. 아이가 순한 편이기는 하지만 규칙적인 습관을 들이려고 노력하고 있어요. 무엇이든 규칙적으로 하면 훨씬 수월한 것 같아요. 집에서 아이에게 이야기책을 읽어 주고, 책을 덮는 순간 '이제 자야 해'라고 말하죠. 봐주는 건 없어요. 더 놀아주지 않죠. 아이의 침대 위에 최대한 많은 장난감들을 두는데, 아이는 항상 거기 없는 것만 찾아요. 장난꾸러기이죠. 어쨌든 가능한 많은 장난감을 침대에 두면, 거기서 가만히 놀다가 혼자 잠이 들어요. 태어날 때부터 가지고 있던 뮤직박스가 있는데 그게 신호이죠. 그걸 들으면 자거든요. 대신

남의 집에 가면 좀 힘들어요. 예를 들어 친구 집에 가면 재우기가 어렵죠. 뮤직박스와 장난감들을 챙겨 가기는 해요. 그게 먹힐 때도 있거든요.

– 아이의 음식은요? 요즘은 엄마들이 이유식도 매우 꼼꼼하게 고르시더라고요.

– 딸이 이제 음식을 먹기 시작했어요. 모유를 주지 않고 분유를 먹였는데, 대신 빨리 이유식으로 넘어갔죠. 직접 만들지는 못해요. 모두 사 먹는 이유식이죠. 저 역시 꼼꼼하게 골라요. 유기농 제품을 사죠. 유기농이라고 다 좋은 것은 아니지만 조금이나마 안심이 되니까…… 아이가 있으니까 제품에 들어간 성분을 확인하는 게 습관이 됐어요.

– 아이에게 티브이나 스마트폰, 태블릿을 보여주나요?

– 전혀, 절대 보여주지 않아요. 교사로서 화면이 미치는 악영향을 너무 많이 봤거든요. 어떤 아이들은 세 살, 세 살 반인데 핸드폰에 완전히 중독된 아이들도 있어요. 그 아이들은 부모를 보면 흥분해요. 부모님에게 안기고 싶어서가 아니라 핸드폰을 가지고 놀고 싶어서죠. 저는 그게 너무 걱정스러워요. 게다가 인지 능력에도 문제가 생기죠. 다섯 살

인 아이가 사람을 제대로 그리지 못하는 경우도 많아요. 자신들의 신체와 그것을 둘러싼 것들을 표현할 줄을 모르는 거죠. 무섭지 않나요? 그래서 멜로디에게는 어떤 화면도 보여주지 않아요. 한 번은 유튜브에서 고래에 대한 영상을 5분 동안 보여준 적이 있었는데, 컴퓨터에서 떼어내는 데 일주일이 걸렸어요. 아침마다 '고래', '고래!'를 외쳤죠. 제가 컴퓨터를 켤 때도 마찬가지였고요. 고작 5분이에요. 5분 만에 그렇게 중독이 된 거라고요. 그 이후로는 절대 보여주지 않았어요. 아이가 커서 스스로 그림을 그리고 표현을 할 줄 알 때까지 영상을 보여주지 않을 거예요. 만화영화 같은 것도 한참 자란 후에 그것도 아주 신중하게 결정해서 보여줄 생각이고요.

- 육아를 하다 보면 부부만의 시간이 줄어든다고 하잖아요. 멜라니 부부는 어떤가요?

- 저희 부부도 현재까지는 주말이 전부예요. 그것도 둘이 아니라 셋이서. 평일에는 아침에 보고 저녁에 만나고요.

- 아이를 낳고 부부 생활에 변화가 찾아왔다는 걸 느껴요?

– 네. 아무래도 금세 피로를 느끼니까. 예전처럼 저녁 늦게까지 깨어 있질 못해요. 일찍 잠들죠. 그래서 저녁에 밖에 나가려고 하질 않아요. 그러다 보니 둘이서 하는 일도 줄었네요. 극장, 레스토랑에 가는 것도 그렇고…… 아기가 아직 너무 어려서 식탁에 오래 앉아 있지 못해요. 영화를 보기에도 너무 어리고. 그렇지만 일이 없는 날, 아이를 유모의 집에 맡기고 데이트를 할 때도 있어요. 우리만의 하루를 보내려고 노력하는 거죠.

– 집안일은요? 나눠서 하는 편인가요?

– 그렇죠. 각자 덜 싫어하는 일을 맡는 것이 규칙이라면 규칙인데 거의 비슷하게, 공평하게 하는 것 같아요. 남편이 세탁, 다림질, 정원 일을 맡고, 대신 잔디를 깎는 일은 저도 해요. 남편이 주로 힘을 쓰는 일을 하지만, 그렇다고 힘든 일을 남편에게 다 맡기지는 않아요. 남편이 바쁘면 제가 하죠. 수영장은 남편이 관리하는 편이에요. 청소나 유리창 닦기, 화장실 청소 같은 것은 제가 하고요. 각자 잘하는 걸 하려고 해요. 일의 양은 되도록 공평하게.

– 아이를 키우다 보면 생각과 시선이 과거보다 미래를

향해 있을 것 같아요. 아이가 앞으로 살아갈 날들을 생각하게 되니까. 저희는 아이가 없지만 뛰어노는 아이들을 보면 저 아이들의 미래는 어떨까 상상할 때가 있거든요. 멜라니 당신은 어때요? 신문에 등장하는 모든 사건, 사고들을 볼 때마다 조금 두려움을 느끼기도 하나요?

– 아이의 미래가 두려운 것은 아니에요. 그렇지만 가끔 제 아이에게 손자들이 있을까, 라는 생각을 할 때가 있어요. 솔직히 말할게요. 환경적인 문제를 봤을 때, 과연 제 딸이 할머니가 될 수 있을지 잘 모르겠어요. 어쩌면 지금 태어나는 아이들이 환경적인 재난으로부터 어느 정도 보호를 받을 수 있는 마지막 세대가 아닐까 하는 생각을 해요. 엄청난 재앙을 피할 수 있는 마지막 세대요. 이미 학생들 중에는 환경 문제에 대해 진지하게 걱정하는 아이들이 많아요. 그들은 정말 심각하게 고민하고 걱정하고 있죠. 어제 학생들과 토론을 했는데, 아이들이 앞으로 일어날 수 있는 문제들에 대해서 충분히 인지하고 있더라고요. 어떤 면에서는 다행이라고 할 수 있죠. 그렇지만 따지고 보면 그런 고민들을 해야 하는 것은 아이들이 아니라 우리 어른들이어야 해요. 자라나기도 바쁜 아이들에게 우리가 망쳐 놓은 내일까지 고민으로 안겨주는 것은 정말 가혹하죠. 요즘 아

이들을 보면서, 미래를 두려워하는 그 애들을 보면서 과연 제 딸이 자라서 자신의 아이를 가지고 싶어 할까, 하는 의문이 들어요. 아이를 낳고 싶은, 아이를 낳을 수 있는 세상일까 하는 의심이요.

– 당신의 삶에서 당신의 아이와 함께 나누고 싶은 것이 있다면, 그것은 무엇일까요?

– 동물에 대한 사랑, 동물에 대한 존중이요. 저희 가족이 그래요. 반려동물들은 우리의 자식이었죠. 그걸 이해하지 못하는 사람들이 있다는 것을 알고 있어요. 그렇지만 저는 부모님이 늘 동물들을 정성껏 돌보는 것을 보면서 자랐죠. 다친 길고양이가 있으면 집으로 데려왔어요. 안락사를 당할까 봐 무조건 모두 데려와서 치료를 해줬죠. 저도 그래요. 저에게는 '쇼세트(번역하면 '양말')' 라는 토끼가 있는데, 이제 열한 살 반이 됐어요. 토끼의 평균 수명이 세 살이거든요. 가장 장수한 토끼가 열세 살을 살았다고 해요. 이만하면 제가 잘 돌본 것이 맞죠? 동물을 사랑하는 사람이 사람도 사랑할 줄 안다고 생각해요. 저는 동물을 좋아하지 않는 사람이 있다는 것을 받아들이기가 어려워요. 저에게 좋은 사람은 동물을 존중하는 사람이죠. 이런 마음을 제 딸

에게 물려주고 싶어요.

– 그건 걱정하지 않아도 되겠네요. 멜로디는 분명히 동물을 존중하는, 사랑하는 사람으로 자라날 거예요. 멜로디가 살아갈 세상이 동물도 행복한 세상이면 좋겠네요.

– 맞아요. 사람도 동물도 모두 행복한 세상이요!

누군가의 바다

아무것도 달라진 것은 없었다. 바다도, 항구도, 수국도, 유행이 지난 가요가 흐르는 술집도 여전했다. 변한 것이 있다면 로베르와 자클린의 집이 사라졌다는 것뿐. 수국이 피고 지던 그 집의 앞마당은 남의 집 주차장이 됐다.

4년 만에 팸폴에 왔다.

호텔에 짐을 풀고 로베르와 자클린이 잠들어 있는 팸폴 공동묘지로 향했다. 그들이 살았던 집처럼 수국이 흐드러지게 핀 곳이다. 보라색, 자주색, 분홍색, 사나운 바닷바람에 자꾸만 쓰러지는 꽃들을 물끄러미 바라보던 M이 물었다.

"오래 기다리셨을까?"

자클린과 로베르의 이름이 새겨진 비석 앞이었다. 내게 던진 물음은 아니었나 보다. 그는 대답할 틈을 주지 않고 오래전에 시들어 버린 꽃다발을 치우기 시작했다.

'여기 편안히 누워 기다리셨을 것이다'라는 말에 M은 피식 웃었다. 로베르는 누워 있는 것을 좋아하셨으니 불편하지 않았을 것이고, 잠시라도 가만히 있지 못했던 자클린은 답답했을 거라는 추측을 했다. 떠난 사람들이 영영 떠난 것은 아닌 것처럼. 그리고 그런 상상은 질문으로 이어졌다.

"우리에게 영혼이 있을까?"

M은 영혼의 존재를, 더 정확히는 선한 영혼의 존재를 믿었다. 나는 의심했다. 보지도 만지지도 느끼지도 못했으니 알 수가 있나, 영혼은 모르겠다. 그러나 가끔 마음은 살아 있지 않을까, 하는 생각을 한다. 사람이 죽으면 마음이 되어 누군가의 마음에 사는 것이 아닌가 하는……

마음은 만질 수 없지만, 마음은 느낄 수 있다. 마음은 살아 있다. 묘지 앞에서 그런 마음이 내게 왔다. 따뜻하게, 이별한 적 없는 것처럼.

공동묘지를 나와 M의 친구를 만나러 시내로 갔다. M의 친구 S는 여름이 되면 팸폴 장터에서 트램펄린 장사를 한다. 고등학교를 졸업하고 아버지를 따라 일을 시작했으니 벌써 오래전 일이다. 아버지가 퇴직하신 후 이제 그는 어엿한 사장이 됐다. 직원은 없다. 월급 줄 걱정 없는 이 팔자 좋은 사장 곁에는 그저 오랜 친구, 장이브가 있을 뿐이다.

4년 전, S와 함께 장이브를 만났다. 장이브는 S를 그림자처럼 따라다녔다. 장이브는 내게 자신을 뱃사람이라고 소개했다. 그리고 '이제는 배를 타지 않는다'라는 말도 덧붙였다. 조금 이상한 사람이라고 생각했다. 삼십 대 남자를 졸졸 쫓아다니는 70대 노인을 보는 게 어디 흔한 일인가? 한 번은 S에게 저 사람은 왜 저렇게 너만 따라다니는 것이냐고 물었다. S가 대답했다.

"친구이니까."

온종일 항구에 앉아 있거나, 장터를 어슬렁거렸다고 한다. 장사꾼들은 그를 함부로 대하거나 담배 심부름을 시키거나 귀찮아했고, S는 그것이 싫어 장이브를 곁에 두기 시작했다. '꼭 내 미래 같아서……'라고 말하며 웃는 S의 얼굴에 연민과 불안이 스쳤다. 장이브와 S는 그렇게 친구가 됐다. 7, 8월 브르타뉴 팸폴에 사람이 몰리는 계절이 되면 그 둘은 늘 함께했다. 밥을 같이 먹고, 술을 마시고, 장이브가 S의 일을 돕고, 서로의 말동무가 되어 주기도 하고. 그러니 친구가 아니면 무엇이겠냐고 S가 되물었다. 친구다. 손을 내밀었고, 손을 잡았고, 시간을 함께 보냈으니 친구가 맞다. 친구의 친구는 나의 친구이기도 하니, 장이브는 내 친구이기도 하다. 4년 전, 나는 옛 선원을 친구로 맞이하게 됐다.

오랜만에 팸폴 시내가 붐볐다. 장터에는 축제가 한창이었다. '신비의 소금'을 파는 사람 앞에 중년 여성들이 몰렸다. 거리를 오가는 사람들에게서 어린아이 같은 흥분이 느껴졌다. S는 4년 전과 마찬가지로 자리를 지키고 있었다. 그리고 그의 곁에는 변함없이 장이브가 함께했다. 4년 전과 똑같은 옷이다. 그때 찍은 사진이 있어서 한눈에 알아봤다. 그의 티셔츠, 카디건, 반바지, 신발, 어느 하나 바뀐 것이 없다. 4년 내내, 저 모습 그대로 S와 함께했겠지. 저대로 장이브의 시간은 멈추고, S의 시간만 흘러 그 둘이 노년을 함께 하는 모습을 상상했다. 한쪽만 혼자 오래 남아 있는 것은 너무 외로우니까.

'여전하네요'라는 인사에 장이브는 수줍게 웃었다. 그 역시 나를 기억하고 있었다. 그는 오래전에 가봤다던 한국에 대한 기억을 열심히 끄집어냈다. 친구의 친구는 나의 친구이기도 하다, 그런 생각이었을까? 최선을 다해 기억을 더듬느라 찌푸려진 그의 미간이 고마웠다.

처음부터 인터뷰를 계획했던 것은 아니었다. S와 함께 맥주를 마시려고 찾은 바에 장이브가 그림자처럼 따라왔고, 어딘지 모르게 어눌해 보이는 그 사람이 배를 탔던 시절만큼은 달변가가 되어 이야기하는 모습을 봤고, 우리의 가방에는 녹음기가 있었고, M이 자연스럽게 장이브에게 허락을 구했으며 평범한 질문들과 태연한 대답이 오갔을 뿐이다.

장이브의 이야기에는 보탬이 없는 듯했다. 꾸밈이 없는 과거가 있을까 싶지만 그의 얼굴과 말투에서 과장의 흔적은 보지 못했다. 그저 지나온 모든 것들을 예쁘지도 밉지도 않은 물건이 들어 있는 보따리를 풀 듯 내보였다. 나는 그가 내민 것들을 받으며 어떤 표정을 지어야 할지 몰라 시종일관 입을 다물고 무언가를 적는 시늉을 했다. 이따금 그가 한국어와 불어가 동시에 적힌 내 수첩에 눈길을 건넬 때는 어쩐지 부끄러웠다. 정돈되지 않은 은신처를 들킨 듯하여……

인터뷰를 하는 동안 빈 종이가 빽빽하게 채워졌다. 다행히 어느 누구도 거기 적힌 말들의 의미를 묻지 않았다. S는 쉬지 않고 술을 마셨다. 끝난 장터에는 사람들이 하나씩 사라졌다. 천천히 해가 기울었고, S는 취했고, 준비하지 못한 인터뷰를 이끌어 나가는 방법을 잘 몰랐던 우리는 장이브의 말을 따라 목적 없는 항해를 계속했다. 어떤 감정들은 물결처럼 밀려왔다가 빠져나갔다. 그가 바다 위의 고독을 말할 때, 그런 것을 알 리 없는 나는 '고독'이라는 낱말에 조심스럽게 혀를 대보기도 했다. 입안에 굵은 소금 같은 것이 까끌까끌 굴러다녔다. 금세 '퉤'하고 뱉고 싶은 짠맛이 느껴졌다. 애송이다. 바다에서는 육지를, 이제는 여름을, 사람을 기다린다는, 기다리는 일밖에 할 줄 아는 게 없다는 옛 선원 앞에 나는 영락없는 애송이였다.

인터뷰를 마치고 손을 흔들며 떠나는 장이브의 뒷모습을 보며, S는 그가 얼마 전부터 팸폴 공동묘지의 자리를 알아보고 있다고 말했다. 췌장암 수술이 잘 끝났지만 항암치료를 받지 않았으니 어떻게 될지 모르는 일이라고…… 장애가 있는 자식이 장례를 책임질 수 없을 테니까 스스로 알아보는 것은 당연하겠지, 라는 그의 말에 취기에 하는 헛소리인가, 취기에 별소리를 다 하네 하면서도 그것은 또 누구의 미래가 될 것인가, 하는 생각에 가슴이 헛헛했다. 누구나 한번은 맞닥뜨려야 하는 일이라는 것을 알면서도, 누구도 사라지지 않기를 바라는 마음은 어쩔 수 없다. 언감생심 영원을 꿈꾸는 것은 아니지만 아주 사라지지는 않았으면 한다. 그러니 영혼은 믿을 수 없다고 해도 마음은 믿고 싶다. 마음은 살아 수국을 따라 눕고 일어나기를 반복하고 있다고. 거기 만발했던 그 꽃들은 활짝 핀 마음이었다고. 그리고 간절한 마음을 하나 더 보태자면, 너무 사랑하여 홀로 둘 수 없는 이보다 하루만, 더도 덜도 말고 딱 하루만 더 오래 살 수 있기를.

S를 따라 팸폴의 항구를 걸었다. 장이브가 말한 바다가 저기 저편인가, 컴컴한 그곳을 손가락으로 가늠하며 크고 작은 배들의 반짝임을 보았다.

"아, 나는 이 바다가 제일 좋아."

S가 말했다.

"나도, 내가 좋아하는 바다는 이런 바다야."

M이 S의 말에 동조했다.

나는 그들의 바다를 보며 나의 바다를 떠올렸다. 콘크리트 방파제에 달려와 부딪치던 나의 서해, 소주와 회 한 접시, 작은 대야에 담긴 커다란 문어, 그 문어를 단숨에 휘어잡는 빨간 고무장갑, 비린내 가득하던 군산 앞바다의 낭만.

"사람들은 다 각자만의 바다가 있어."

나도 모르게 내뱉은 말에 모두 취해서 하는 헛소리라고 킥킥 웃었지만, 우리는 그곳에 서서 각자의 바다를 생각했다.

브르타뉴 바다를, 군산 앞바다를, 바다의 사람들을, 바다에서 고독한 사람들을, 삶이라는 바다를, 삶이라는 바다에서 고독한 사람들을.

느닷없이 시 한 줄이 떠올랐다.

'오래 시달린 자들이 지나는 견결한 슬픔을 놓지 못하여 기어이 놓지 못하여 검은 멍이 드는 서해'[1]

어렴풋이 이해했던 시인의 말이 남의 땅까지 달려와 말을 걸었다. 이제 그 맛을 알겠냐고, 삼키기에는 너무 크고 씹기에는 너무 짠 그 고독의 맛을,

이제는 알게 됐냐고,

나는 아직 잘 모르겠다고,

시 한 줄을 입안에 머금고 삼키지도 씹지도 못한 채 가만히 바다를 보았다.

검은 멍이 든 바다였다.

---

1 안도현 시인의 '군산 앞바다'

Jean Eve

장이브와의 만남

– 자기소개를 부탁합니다.

– 장이브 르고프입니다. 팸폴에 살고 있고 72살이에요. 예전에는 배를 탔고, 지금은 그냥 있어요. 가끔 아이들이 트램펄린 타는 것을 구경하기도 하고……

– 언제 처음 배를 탔나요?

– 처음은 23살에서 24살 사이였을 거예요. 유조선을 탔죠. 두바이의 페르시아만으로 떠났어요. 두바이엔 정말 아무것도 없었어요. 그냥 작은 마을일 뿐이었죠. 그렇다고 실망을 했던 건 아니고요. 실망할 것도 없지, 아무것도 몰랐으니까. 두바이란 나라가 어디 붙어 있는지도 잘 몰랐을 때였다고요. 그리고 몇 년 후에 다시 두바이에 갔죠. 정말 깜짝 놀랐어요. 완전히 다른 곳이 되어 있더라고요. 몇 년 만에 대도시가 되어버렸죠. 나는 좀 무섭더라고요. 세상이 그

렇게 갑자기 바뀐다는 것이…… 바다는 그대로인데. 바다는 그대로예요. 바다의 기분은 날씨에 따라 달라지지만, 바다 자체는 변함이 없죠. 바다는 늘 같아요.

– 평생 배를 타신 건가요? 배를 얼마나 타셨어요?

– 35년밖에 되지 않아요. 육지에서 일할 때도 있었으니까. 원래는 제빵사였거든요. 배에서도 마찬가지로 빵과 과자를 만들었어요. 제빵사보다는 파티쉐라고 하는 게 맞겠네요. 그게 내 전문이었거든요. 아주 어릴 때부터 시작했어요. 빵 만드는 것을 좋아했던 것은 아니고, 빵집이 망하는 일은 없을 거라고 믿었거든요. 다들 빵은 먹고 살아야 하니까. 그런데 나중에 보니 빵집도 망합디다. 대형 슈퍼마켓에서 빵을 팔기 시작하면서 동네 빵집이 문을 닫기 시작한 거죠. 사람들이 웃겨요. 맛이 없다면서, 그래도 꼭 대형 마트에서 빵을 사 먹어. 왜 그럴까 곰곰이 생각해 보니, 아마 빵집에 들를 시간이 없어서 그런 것 같아. 퇴근 시간에 빵집을 들르면 줄이 얼마나 길어요. 거기 서서 기다리려면 귀찮지. 나는 지금도 빵은 빵집에서 사요. 대형마트에서 파는 빵은 사람이 만든 것 같지가 않아. 사람이 만들어야 사람 먹는 음식이지. 기계가 만든 것은 고철들이나 먹는 거고.

배에서는 빵보다 과자를 더 많이 만들었어요. 브르타뉴 쿠키, 사과 파이, 배 파이, 밀푀이유, 그런 것들이요. 뱃사람들은 대부분 남자들이지만 단 것을 얼마나 좋아하는지 몰라요. 술과 과자를 입에 달고 살죠. 배를 타고 몇 날 며칠을 다니면 뭔가 마음이 허해져서 그런 것 같기도 하고. 나는 배를 탈 때 어머니 생각을 많이 했어요. 지금은 어머니 얼굴도 잘 기억이 안 나지만, 배에서는 왜 그렇게 어머니 생각을 많이 했는지…… 바닷바람 냄새가 꼭 어머니 냄새 같았죠. 그게 한 번 불면 마음이 휑하기도 하고.

– 배를 타면서 기억에 남은 일들이 무엇인지 궁금해요.

– 제일 놀라웠던 것은 '타이타닉'이었죠. 타이타닉 탐사호를 두 번이나 탔거든요. 연구원들이 탄 배였는데, 그 사람들이 바다 밑으로 함께 내려가서 보자고 했지만 거절했어요. 무서워서…… 그걸 어떻게 봐요? 너무 깊은 곳까지 들여다보려는 것 자체가, 거기는 왠지 사람의 영역이 아닌 것 같았어요. 에베레스트 등산하는 사람들이 그렇게 말합디다. 산을 정복하는 게 아니라 산이 허락하는 곳까지 가는 것이라고. 나는 바다도 그런 것 같아요. 바다가 허락하는 때와 허락하는 곳까지만 가야 한다고 생각하거든요. 그런

데 거기, 거기에 내려간다는 건 어쩐지 바다가 원하지 않을 것 같았어요. 연구원이면 몰라도 나 같은 사람에게 바다가 허락해 줄 리가 없으니까.

직접 내려가지는 않았지만 연구원들이 촬영해 온 것을 보기는 했어요. 사람들이 아는 것과 다르게 타이타닉은 세 개로 쪼개져 있었죠. 원래는 두 개로 쪼개졌는데, 물 때문에 한 번 더 부서진 거래요. 그 모습이 너무 처참했어요. 황망하다고 해야 하나…… 뒤집어진 배를 보면 후유증이 오래 남아요. 폐에 물이 가득 차는 악몽을 꾸기도 하고. 그래도 사람들과 농담 따먹기를 하다가 보면 잊게 되죠. 그래서 뱃사람들이 실없는 소리를 많이 하나 봐요.

유조선도 타고 여러 배를 많이 타봤지만 해양 과학조사를 위한 배를 타는 것이 가장 좋았어요. '하루살이'라는 해양 연구선이 있었는데, 그 배를 탔을 때가 기억에 많이 남아 있네요. 정말 여러 곳을 다녔죠. 사람들이 가지 않는 곳으로요. 사람의 흔적이 없는 곳에 도달하면 마음이 허무했어요. 텅 비어 있는 그곳들이 꼭 인류의 미래 같고…… 그래서 술도 많이 마셨죠. 술 마시는 것 말고 할 게 없었으니까. 한 번은 북극에 간 적도 있었어요. 그때 그 미션은 정말 위험했죠. 얼음덩어리에 배가 부딪치는 소리가 들리기도 했어요. 그럴 때는 오히려 우리들끼리 더 농담을 주고받았죠. 술도 마시고. 술에 얼음을 타서 마시려고 빙산으로 얼음을 가지러 간 적도 있었어요. 그 얼음들은 담수예요. 그래서 먹을 수 있죠. 그런 게 놀이였어요. 인생에서 딱 한 번 경험할 수 있는 것이다, 뭐 그런 인식은 없었던 것 같네요. 우리에게는 그저 기다림의 시간이었거든요. 우리가 할 수 있는 놀이를 하면서 견딘 거죠. 바다에서 사는 일은 견디는 일이었어요. 육지에 갈 날을 기다리면서, 손꼽으면서. 그런데 육지에서 사는 일은 무엇을 기다려야 할지 모르겠더라고요. 그래서 지금은 여름을 기다려요. 이 조용한 팸폴에도 여름이 되면 사람들이 몰려오니까. 나와는 상관없는 사람들이지만 나도 모르게 사람들이 오는 것을 기다리죠. 기다리며 사는 데 너무 익숙해진 것 같아요.

– 한국에도 가본 적이 있으시죠?

– 네. 20년 전에 부산에서 하룻밤을 보냈어요. 사람이 엄청 많은 항구였던 걸로 기억하고 있는데…… 사람들의 움직임이 생각나요. 걸음이 빨랐던 것 같아요. 몸집이 작은 여자들이 작은 발로 빨리 걸어 다녔죠. 그리고 사람들의 목소리가 컸어요. 싸우는 줄 알았으니까. 한국에 가기 전에는

페루 남부에 있었어요. 거기서부터 배를 타고 부산으로 간 거죠. 페루 남부에서 머물렀던 마을은 안데스산맥을 마주하고 있었는데 정말 환상적이었어요. 3개월 동안 그 풍경을 보면서 물 위에서 살았죠. 물에서 사는 일은 우리야 익숙하니까…… 저는 연구원들 일에 너무 관심이 많아서 항상 그들과 어울려 다녔어요. 다른 선원들이 낮잠을 자는 동안 연구원들이 가는 곳을 따라다녔죠. 타이타닉만 빼고요. 배를 타고 많은 곳을 다녔지만 어디든 갈 수 있다고 생각하지 않아요. 나는 자연이 선을 긋는다고 생각해요. 태풍도, 폭우도, 다 자연이 '오늘은 여기까지'라고 선을 긋는 것이라고 믿거든요. 아, 할리우드에도 간 적이 있었죠. 그냥 놀라웠어요. 이렇게 사는 사람들도 있구나 싶어서. 그렇지만 그곳은 안데스산맥의 작은 마을보다 더 먼 곳처럼 느껴졌죠. 나와는 너무 다른 삶과 다른 문명과 다른 사람들이 있는 곳이었어요.

– 항해를 하면서 갔던 곳 중에 가장 기억에 남는 나라는 어느 곳인가요?

– 모두 기억에 남아요. 부에노스아이레스에 갔었는데 거기서는 긴 강을 따라서 다녔죠. 정말 아름다웠어요. 재미

있는 일이 생각나네요. 예전에 내가 결혼했을 때 일인데, 내가 말했나요? 결혼한 적이 있었다고.

– 아니요. 몰랐어요.

– 결혼한 적이 있었어요. 어느 날 배를 타고 돌아왔더니 아내가 사라졌어요. 떠난 거죠. 아들 둘만 남겨 놓고. 아무튼 신혼 때는 아내가 편지를 보내고는 했는데, 그 편지에는 언제나 '타이타닉호로 보내는 편지'라고 적혀 있었어요. 사람들이 그걸 보고 저를 놀렸죠. 전처한테 타이타닉호를 보러 간다고 말한 적이 있었거든요. 그것 때문에 매번 그렇게 적는 것 같더라고요. 부에노스아이레스에 있을 때 '타이타닉호로 보내는 편지'를 많이 받았죠. 그때 답장을 좀 쓸 걸 그랬어…… 같이 살았다고 해도 지옥이었겠지만, 답장을 썼다면 좀 나았을까? 가끔 후회해요. 더 좋게 살 수 있었는데 다 놓쳐 버린 거지 뭐.

아, 그런데 기억에 남는 나라를 물어봤죠? 뉴칼레도니아도 생각나요. 태풍이 불어서 배가 뒤집혔었거든요. 진짜 배가 빙글빙글 돌더라고요. 너무 무서웠죠. 정말 무서웠어요. 그곳에 도착할 때 즈음에 다른 배에서 선원들이 불빛으로 신호를 보냈었거든요. 우리는 그게 환영 인사인 줄 알았는데, 알고 봤더니 다시 항구로 돌아가라는 뜻이었어요. 다행히 구조가 됐으니까 지금 여기 있는 것이지만, 배가 돌 때는 진짜 아무 생각도 안 났어요. 죽을 때가 되면 필름처럼 지나간 날들이 떠오른다고 하던데, 나는 그냥 앞이 컴컴했어요. 아내도 자식도 생각이 안 났으니까. 그냥 까만 회오리 속에 들어가는구나. 아, 이게 끝이구나. 무섭다. 아니, 이런 생각도 안 났던 것 같은데. 모르겠네요. 확실한 건 다른 선원들과 함께 있었는데도 혼자인 듯한 느낌이었다는 거예요. 외로움 그런 건 아니고, 아주 잠깐, 고독했어요. 맞아요. 그게 맞는 것 같아요. 고독한 느낌.

– 낯선 곳에 혼자 걸어 들어가는 그런 느낌 같은 거요?

– 어두운 밤에 아무도 없는 거리에서 내 발자국 소리만 크게 들리는 느낌이요. 그러다가 쥐도 새도 모르게 나만 사라질 것 같은 느낌. 작년에 췌장암 수술을 했는데, 그때 그런 기분을 다시 느낄까 봐 두려웠어요. 수술대에 누워 있을 때, 그런 느낌이 다시 찾아올까 봐 겁을 먹고 있었죠. 그게 갑자기 숨이 막히거든…… 그런데 뭐 그런 생각을 느낄 새도 없이 잠이 들었죠. 마취를 했으니까. 깨어났을 때는 통증이 느껴져서 오히려 다행이라는 생각이 들었고요.

– 치료가 잘 된 거죠? 지금은 어떠세요?

– 의사가 조금만 늦었으면 죽을 수도 있었다고 했어요. 7월 초에 병원에 입원했는데, 병원에서 나오니까 여름이 가버렸죠. 여름과 목숨을 맞바꾼 거예요. 여름만 기다리고 있었는데…… 그 후로 술은 입도 대지 않아요. 장애가 있는 아들이 있어요. 내가 없으면 돌볼 사람이 없거든요. 가능한 한 오래 살아야 해요. 그 애가 혼자 남는다고 생각하면…… 나는 그게 무서워요.

– 아드님과 함께 살고 계세요?

– 아니, 나 혼자 살아요. 아들은 시설에 있죠. 전 국민 무료 보험이라서 다행이지, 미국이었으면 어쩔 뻔했어요. 내 연금으로는 어림도 없을 텐데. 돈은 문제가 되지 않는다고 해도 그래도 내가 여기 있어야 해요. 크리스마스, 부활절 때 찾아가는 가족도 없으면 걔가 너무 불쌍하잖아.

– 아드님도 아드님이지만 당신을 위해서도 오래, 건강히 누군가와 함께 살았으면 좋겠어요.

– 건강은 많이 좋아진 것 같아요. 그리고 이렇게 함께 살

고 있잖아요. 팸폴에 오고 가는 사람들과 함께. 항구에 산다는 게 원래 그래요. 왔다가 떠나는 사람들에게 익숙해지죠.

– 바다가 그립지는 않나요? 배를 타는 일이요.

– 아니, 전혀. 너무 많이, 오래 탔어요. 여기서 이렇게 보는 게 좋아. 조금 떨어져서 저기 바다가 있구나, 이렇게. 그걸로 충분해요.

– 갑작스럽게 제안한 인터뷰인데 응해줘서 고마워요.

– 나도 고마워요. 그런데 나 부탁이 있어요. 한국에 가면 내게 엽서 한 장만 보내 줄 수 있어요? 사진 엽서면 좋겠는데……

– 그럼요. 그런데 한국이 어떻게 변했는지 궁금하신 거라면 메일로 사진을 보내 줄 수 있어요.

– 나는 메일 없어요. 그리고 엽서면 돼요. 한국 주소가 적힌 엽서면 충분해요.

– 그럴게요. 약속해요.

– 그럼 나는 또 그 엽서를 기다리면서 지낼 수 있겠네요. 가능하면 천천히 도착하는 우편으로 보내 줘요. 오래 기다

리고 싶으니까.

CUBA

제롬이라는 기억

이삿짐을 쌌다. 지난 17년간의 삶이 남긴 것들은 참으로 단출했다. 다시 이민 가방 몇 개만이 남았다.

유학 생활을 하는 동안 좋은 것을 사 본 적이 없다. 결국은 버릴 건데, 하는 마음으로 버려지기에 적합한 것들을 가졌다. 나는 버려질 운명을 안고 내게 온 모든 것들에게 냉담하게 굴었다. 그러고 보니 나는 참 물건에 대한 애착이 없었다.

물건에 얽매이지 않아도 되니 자유롭다고 생각했다. 잘 쓰다 버리자는 것이 물건에 대한 나의 철학 아닌 철학이니 나의 물건들은 금세 닳아져 버려졌다. 버릴 때는 신속하게, 어떤 감정도 두지 말고. 이민 가방 두 개로 수도 없이 이사를 다녔던 내가 선택한 최선이었는지도 모르겠다. 그렇다고 모든 물건들을 버리는 것이 쉬웠던 것은 아니다. 엄마가 한국에서 보내 준, 엄마의 마음이 담겨 있는 것들은 늘 나를 괴롭혔다. 아끼고 아껴 제대로 쓰지도 못하고, 그저 묵기만 한 그것들이 검은 쓰레기봉투에 쌓일 때마다 찾아오는 울컥한 마음들. 나는 그 마음들이 싫었다. 죽은 것처럼 검은 봉투를 덮은 그것들을 쓰레기장에 처박아 두고 돌아오는 길에는 얼마나 화가 났던지. 엄마에게 전화를 걸어 괜히 신경질을 냈다. 그런 것 필요 없다고, 내게 그렇게 좋은 것은 아무 의미 없다고……

나와 내 물건들에 대한 이야기를 적고 보니, 마치 집행자와 죄수 같다. 벌을 주는 쪽도 벌을 받는 쪽도 나인 우스운 이야기…… 끊임없이 '자격 없음'을 말하지 않았던가! '지금 아니고 나중에'라는 말로 마음을 미뤄왔던 것은 지금의 나에 대한 불만족 때문이었을 것이다. 그러니 나는 나에게서 현재를 박탈해 간 사람이다.

17년 만에 프랑스를 떠난다. 나보다 컸던 이민 가방을 끌고 왔던 나는 다시 그 가방을 들고 돌아간다. 그 안에는 여전히 별 볼 일 없는 내 것들이 있다. '중요한 것만 챙기자' M과 약속하면서, 나는 무엇이 중요한지 몰라 고민했다. 매일 쓰는 노트북, 핸드폰, 안경, 지갑 말고 중요한 것이 또 무엇이 있을까? 어쨌든 가방 안에 들어가는 것은 대충 쑤셔

넣었다. 그리고 그 안에 들어가지 못하는 것들은 중고로 팔거나 부서뜨려 쓰레기장으로 옮겼다. M은 새로운 삶을 기대하면서도 아끼는 것들이 하나씩 사라지는 것을 서운해했다. 가끔 그는 내게 "너는 괜찮아?"라고 물었고, 그때마다 나는 "아무렇지도 않은데, 왜?"라고 대답했다. 그냥 물건일 뿐이지 않느냐고, 나는 그런 것에 별 의미를 두지 않는다고. 그렇게 '쿨'한 척을 하고 나면, 마음 한편에서 스물몇 살의 내가 나를 찾아와 물었다.

'혹시 아직도 스스로에게 벌을 내리는 중이니?'라고.

조금 안쓰러운 얼굴로 지금의 나를 안쓰러워하며.

제롬을 만나러 그의 집으로 가는 길에 쓰레기장에 들러 마지막 짐을 한바탕 버렸다. 자동차 트렁크 한가득, 뒷좌석까지 꽉꽉 채운 짐들을 꺼내 커다란 컨테이너 박스 안에 던졌다. "꽤 쓸 만한 것들 같은데 이걸 버려요?"라고 말하는 쓰레기장 직원에게 "멀리 떠나게 됐거든요. 필요하면 가져가세요"라고 대답했다. 그는 고개를 절레절레 흔들며 말했다. "예전에는 쓸 만한 것들이 버려지는 게 아까워서 집으로 가져갔는데, 이제 안 그래요. 쓰레기 중에 쓰레기 같은 것을 찾는 게 더 힘들어요." 사람들이 멀쩡한 것을 죄다 내다 버린다는 그의 말에 조금 부끄러웠으나, 쓰레기 더미 속에 버려진 것들은 이제 영락없는 쓰레기였다. 쓰레기 중에 쓰레기 같은 것을 찾는 게 힘들다지만, 한 번 쓰레기로 여겨진 것들을, 버려진 것들을 다시 안기에 내 품은 너무 작았다. 애초에 사지 않았으면 버리는 일도 없었을 텐데…… 또 똑같은 반성을 했다. 버릴 때마다 매번 하는 다짐, 다시는 필요 없는 물건을 사지 않으리! 그러나 그게 가능한가? 물건은 사는 순간만큼은 언제나 필요하다. 잠깐의 욕망을 채우는데, 허전함을 메꾸기 위해, 편리한 생활을 위해. 그 모든 것들은 여지없이 '필요'한 것들이다. 나는 계속해서 무언가를 샀다. 아니, 사지 않은 순간에도 물건은 쌓였다. 누군가 선물해 준 것들, 누군가 두고 간 것들, 어쩌다 내게 온 것들, 잡다한 것들이 나를 따라다녔다. 구질구질하다고 생각했다. 그러다 그것들의 증식이 더는 견딜 수 없어지면 모조리 쓰레기장 컨테이너 박스에 던져버렸다. 그렇게 훌훌 다 털어버리고 돌아오는 길, 다시 가방 몇 개로 추려지는 나의 삶을 보며 말했다. 그래, 지금은 말고 나중에……

나중은 언제까지 나중일까? 나중이 오기는 할까?

모두 버리고 아무것도 남지 않은 차 안에는 제롬의 가족에게 줄 선물 몇 개가 덩그러니 남아 있었다. 텅 빈 것들을 보니 익숙하고 편안했다. 개운하냐는 M의 물음에 그렇다고 답했다. 개운했다. 그리고 뒤통수가 허전했다. 무언가를 댕강 잘라낸 기분이 들었다. 오기로라도 절대 뒤를 돌아보지 말자고 다짐했다. 돌아보면 어떤 마음이 울컥 찾아올 것 같아서. 몇 번이고 말했다. 시원하다. 개운하다. 다시 시작이다. 또, 다시……

제롬의 집에 도착하여 현관문을 여는 순간, M은 나를 보며 빙긋 웃었다. 벼룩시장처럼 빽빽하게 쌓여 있는 물건들이 현관부터 복도, 거실 곳곳에 널려 있었다. 애써 태연한 척하며 바닥에 떨어져 있는 제롬의 딸, 로즈의 장난감들을 징검다리를 건너듯 건넜지만, 당황한 내 표정을 그가 놓쳤을 리 없다. 제롬을 처음 만났던 날, '완벽히 다른 세계의 두 사람'이라고 내게 제롬을, 제롬에게 나를 소개했던 M의 말을 떠올렸다. 이제 현관문을 막 통과했을 뿐인데, 그의 말을 실감했다. 나는 나와 너무 다른 어떤 세계로 들어가고 있었다.

저녁을 준비하던 제롬의 아내, 카트린에게 디저트와 와인 그리고 책을 선물로 건넸다. 주방에서 분주하게 오가던 카트린이 사랑스러운 미소를 지으며 내게 말했다. "나 사실 요리 잘 못해." 그녀가 말하지 않아도 충분히 짐작할 수 있었다. 가파치오를 만드는데 그토록 많은 요리 도구들이 식탁 위에 나와 있어야 할 이유가 없었으니까. 박스 안에 담겨 있는 믹서기, 주스 착즙기, 강판, 핫케이크용 프라이팬, 거품기 등등…… "도와줄까?" 예의상 물었으나, 솔직히 엄두가 나지 않았다. 그들의 주방에서는 양파 하나 썰기도 힘들어 보였다. 카트린은 웃으며 "할 수 있으면 해 봐"라고 대답했고, 나도 모르게 당황한 표정이 나왔을까, 모두 나를 보며 한바탕 웃었다. "결벽증은 아니야. 다만 머릿속이 복잡한 사람이라 현실도 복잡하면 감당을 못해." 친절하게도 M이 나에 대한 설명을 덧붙였다. 나도 몰랐던 나를, 그를 통해 알게 됐다. 결국은 그게 다 머릿속이 복잡해서 그런 것이었구나, 하는 것을.

제롬은 괜찮다며, 주방에 있는 물건들을 하나씩 꺼내 우리에게 '소개'를 시켜줬다. 그러니까 그것은 정말 '소개'에 가까운 설명이었다. 더 이상 꺼내도 되지 않을 물건들이 끝도 없이 쏟아져 나와 주방을 점령했다. 정리가 미덕인 내 행성에 쳐들어온 침략자들, 아니다. 그들의 행성에 맨몸으로 쳐들어간 것은 나다. 융단폭격을 맞을 줄도 모르고.

"저것들 다 선물 받은 거야." 제롬이 말했다.

그것들은 모두 선물이라고 하기에는 너무 낡고 더럽고 오래된 것들처럼 보였다. 손잡이 부분을 강력 접착제로 붙인 것도 있었고 구부러진 것도 있었고 녹이 슨 것도 있었다. 어떤 것은 제롬과 카트린조차 용도를 모르기도 했다. 그들은 크리스마스 선물을 자랑하는 아이들처럼 물건들을 이야기했다. '이건 뭘 하는 물건인데'가 아니라 '이건 이모가 준 건데, 우리 이모가 케이크를 기가 막히게 잘 만들었거든'으로 시작하는 이야기들. 그들이 가진 물건들은 사람의 이름으로 불렸다. 주디트 고모 믹서기, 도미닉 삼촌 거품기 등등. 우리는 손잡이가 누런 믹서기와 귀퉁이가 깨진 그릇들을 통해 그들의 가족을, 친구를, 이웃을 만났다. 머리 위로 쏟아져 내린 것은 먼지 폭격만이 아니라 누군가의 냄새와 이름과 시간이었다. 몇 번씩 반복되는 이름들이 자연스럽게 머릿속에 들어왔다. "그래서 주디트 고모는 지금 어디에 사셔?"라고 나도 모르게 묻기도 했다. 얼굴도 모르는 이의 이름을 그렇게 다정하게 부를 것은 무엇인가! 그러나 이 세계의 물건들은 모두 얼굴이 있고 온도가 있으니 이름을 부를 수밖에. 물건인 주제에 사람의 행세를 하다니, 마음이 있는 얼굴을 하고 나를 보다니! 가만히 만지면 누군가의 체온이 고스란히 전해졌다. 그것은 '매개'였다. 마음을 받을 수도 전달할 수도 있는 매개.

그런데 내게는 그런 것이 있었던가?

제롬을 따라 '기억의 방'에 들어갔다. 제롬을 인터뷰이로 섭외하면서부터 M은 그 공간을 탐냈다. 꼭 그곳에서 인터뷰를 하고 싶다고 그는 몇 번이고 말했다. 그가 왜 그 장소를 고집했는지, 방문을 여는 순간 단번에 이해했다. 우리라면 절대 가질 수 없는, 어쩌면 견딜 수 없는 곳인지도 모르겠다. 기억의 점과 선이 만나고 이어지고 겹쳐져 하나의 카오스를 이루는 곳. 사람의 뇌를 물질로 옮겨 놓으면 이런 모습이지 않을까 생각했다.

제롬과 카트린의 모든 추억이 그곳에 있다. 어릴 적 쓰던 편지, 엽서, 학교에서 받은 상장, 할아버지의 유품, 첫 번째 운전면허증, 졸업장, 머리핀, 동화책, 하이틴 소설, 세계명작, 와인 가이드, 단추, 그림 등등. 제롬은 거기 쌓여 있는 모든 것들을 '기억'이라 불렀다. 쌓이고 쌓인 의미들. 그런 것을 '기억'이라 부른다면, 아마 나의 기억은 정말 가난한 방에 살고 있을 게다. 머리 위로 우르르 쏟아져 내릴까 두려워서 깨끗하게 치운 텅 빈 방. 떠남을 앞두고 있는 지금의 내 방과 닮았다. 박스 몇 개 굴러다니는 서운한 마음을 치워 버린 방.

키가 2M에 가까운 제롬이 엄지손가락만 한 사진과 물

건들을 손바닥 위에 올려놓고, 그 물건의 이름과 사연과 시간을 소개할 때마다 나는 누군가의 기억 속으로 헤엄쳐 들어가는 듯한 기분을 느꼈다. 물건은 매개였다. 그것을 잡으면, 그것을 만지면 우리는 어떤 시간의 어떤 마음에 이를 수 있었다.

그는 우리가 선물로 가져간 책을 기억의 방, 책꽂이 한쪽에 꽂아 두었다. 우리는 우리의 마음이 그의 기억이 되는 과정을 눈앞에서 지켜보았다. '언젠가 모든 것을 다 잊는다면, 이 방이 기억이 되어 줄 것이다'라고 말하는 제롬의 눈빛에는 어떤 확신이 있었다. 물건에서 물건으로 전해지는 것에는 물질을 넘어선 무언가 있다는 확신.

집에 돌아와 텅 빈 방과 거실을 보며 M에게 물었다. 내가 버린 것들이 혹시 우리의 마음이고 시간이냐고. M은 착한 눈을 동그랗게 뜨고 내게 말했다.

"너의 기억은 네가 한 글자 한 글자 적어 나가는 그곳에 있어. 그곳이 너의 기억의 방이야."

아무것도 없는 집에, 나의 빈방에 그의 고마운 말이 가만히 울렸다.

여기 나의 보잘것없는 기억들이 있다. 미숙하고, 세련되지 못하고, 쑥스러운 기억이나 나는 이 기억에 '제롬'이라는 이름을 붙이기로 했다. 이제 나의 손끝에서 나온 글자들이 '제롬'이라는 기억을 담은 매개가 되어 세상을 향해 나간다. 이 글자들이 누군가의 기억의 방에 들어갈 수 있다면, 그리하여 다정한 이름으로 불릴 수 있다면, 같은 이름의 기억을 기억의 방에 보관한 우리가 그렇게 이어질 수 있다면,

나는 더 이상 나의 나중을 기다리지 않게 될지도 모르겠다.

나, 제롬, 그리고 이 글을 읽고 있는 당신, 우리가 하나의 기억으로 연결되는 꿈, 나는 이민 가방 몇 개와 그 꿈을 들고 돌아간다. 17년 전에 떠났던 그곳으로……

다시, 시작이다.

Jérôme

제롬과의 만남

– 정말 놀라운 공간이에요. 그냥 서재인 줄 알았는데, 자세히 보니 단순히 책만 있는 공간은 아니네요. 트로피, 엽서, 사진, 심지어 단추까지……

– 네. 아내와 저는 이곳을 '기억의 방'이라고 불러요. 말 그대로 우리 기억 속에 저장되어 있는 모든 것들이 여기 물질로 있죠. 어렸을 때 영국에 사는 아이와 펜팔을 하며 주고받았던 엽서, 할아버지가 쓰시던 스피커, 아내가 어릴 적 쓰던 머리핀, 20년 전에 찍은 증명사진까지 간직할 수 있는 것은 모두 이곳에 모아 뒀어요.

– 원래 인터뷰를 늘 자기소개부터 시작했는데, 이 공간을 보고 그냥 지나갈 수가 없었어요. 이곳에 대한 이야기는 잠시 후에 하기로 하고, 먼저 자기소개를 해주시겠어요?

– 제 이름은 제롬 파브르입니다. 46세이고, 클레르몽페

랑에 살아요. 초등학교 교사죠. 결혼을 했고, 딸이 있어요. 딸의 이름은 로즈에요. 로즈는 기적의 아이죠. 아내, 카트린과 저는 아이를 가질 수 있을 것이라고 생각하지 않았거든요. 카트린의 몸이 아이를 가질 수 없는 상태였어요. 제 몸이 아니고 아내의 몸에 대한 이야기라 자세한 이야기는 조금 그렇지만, 의사도 임신은 힘들 거라고 말했어요. 그런데 로즈가 우리에게 찾아온 거죠. 엄청난 선물이지 않나요?

– 기적이네요. 그렇지만 정말 원하면 이루어진다고 하잖아요. 아이를 많이 기다리셨나요?

– 전혀 그렇지 않아요. 결혼할 때부터 카트린이 임신하기 힘든 몸이라는 것을 알고 있었고, 특별히 아이를 반드시 갖고 싶다는 마음이 있었던 것도 아니었어요. 둘이 살아도 상관없었거든요. 카트린은 오히려 아이를 원하지 않는 쪽이었고…… 그렇지만 아이가 찾아오자 완전히 변하더군요. 처음부터 엄마였던 사람처럼. 물론 저 역시 지금은 로즈 없는 삶을 생각할 수 없어요. 로즈가 저희에게 찾아온 것은 기적이었죠. 저는 기적을 믿는 사람이에요. 기적뿐만이 아니라 눈에 보이지 않는 것, 비물질적인 형태의 모든

힘을 믿죠. 아, 종교는 없어요. 세례를 받기는 했지만, 그건 부모님의 뜻이었지 제 의사는 아니었으니까. 저는 어떤 종교도 믿지 않아요. 다만 눈에 보이지 않는 힘, 에너지, 영혼 같은 것이 있다고 믿는 거죠.

– 모든 탄생은 기적의 힘이 필요한 것 같아요. 로즈의 경우는 조금 더 특별하네요. 요즘에는 눈에 보이지 않는 것들을 믿는다는 것을 말하는데도 용기가 필요한 것 같아요.

– 무슨 말인지 알아요. 기적이니, 영혼이니 하는 말들을 꺼내는 순간 바보 취급을 받을 때도 많으니까. 우리 할아버지 이야기를 조금 해도 될까요? 할아버지는 프랑스 남서부 지방에 있는 시골 마을에서 사셨던 분이셨죠. 얼마나 깡시골이었는지 동네에 의사가 없었죠. 병원에 가려면 도시로 나가야 했는데, 시골 사람들이 움직이기가 어디 그리 쉽나요? 그런데 그 시골 동네에서 의사 노릇을 한 사람이 바로 우리 할아버지이셨어요. 사람들은 할아버지가 치료의 능력이 있다고 믿었죠. 예를 들어 할아버지가 화상을 입은 곳에 가만히 손을 대면 통증이 가라앉는다더라, 아토피가 없어졌다더라 하는 능력이요. 그게 모두 사실인지는 저도 잘 몰라요. 어렸을 때 마을 사람들이 할아버지 집에 왔다 갔다

하는 것을 보기는 했지만 그때는 너무 어렸으니까 그런 일들을 너무 당연하게 여겼죠. 동네 아이들이 우리 할아버지를 마법사 할아버지라고 불렀던 것을 기억해요. 그게 자랑스러웠죠. 할아버지는 마을 사람들에게 많은 사랑을 받으셨던 것 같아요. 지금 생각하면 몸이 아파서 괴로울 때 갈 곳이 있다는 게 좋았던 것이 아닐까 싶기도 하고. 아, 물론 할아버지는 '마법'의 대가를 받지는 않으셨어요. 빵 한 조각도 안 됐죠. 할아버지는 그 일을 일종의 봉사활동으로 생각하셨던 것 같아요. 물건이나 돈을 받으면 그 능력을 잃는다고 믿으셨죠.

할아버지가 돌아가셨을 때, 마을 사람들이 모두 장례식에 왔어요. 빠진 사람이 한 명도 없었다고 하더라고요. 마을의 큰 어른이셨던 거죠. 어릴 때는 할아버지를 보면서 할아버지 같은 사람이 되고 싶었어요. 그래서 내 장래 희망은 마법사였죠.

- 재미있는 이야기이네요. 마법사 할아버지라니. 솔직히 궁금해요. 그런 능력이 정말 있을지……

- 저는 믿어요. 할아버지 영향이 크겠지만 몸과 마음과 생각이 모두 연결되어 있다면 가능하다고 생각해요. 물론

할아버지가 예수처럼 앉은뱅이를 일으켜 세웠다는 뜻은 아니에요. 솔직히 말하자면 위로가 아니었을까요? 아픈 몸을 위로해 주면 진정되는 효과 같은 것을 느끼기도 하니까.

– 그거라면 알 것 같아요. 어릴 때 배가 아프면 엄마가 배를 문질러 줬거든요. 그러면 조금 나아지는 것 같았어요.

– 그거 봐요. 위안과 위로를 받으면 몸도 반응해요.

– 오늘 인터뷰는 매우 미스틱하네요. 그러고 보니 이 공간도 조금 남다른 것 같고요. '기억의 방'이라고 부르신다고 하셨죠? 이곳에 대해 조금 설명해 주실 수 있어요?

– 카트린과 저는 둘 다 무언가를 버리는 성격이 아니에요. 두 사람 다 어릴 때부터 중요하다고 생각하는 것들을 모두 간직해 왔죠. 아까도 말씀드렸지만 이곳에는 카트린이 어릴 적에 쓰던 머리핀, 인형, 저의 펜팔 편지, 노트, 상장, 사진, 별의별 것이 다 있어요. 사실 제 것만 해도 어마어마했는데, 카트린과 결혼을 하면서 물건의 양이 두 배가 되어 버린 거죠. 한 곳에 정리해 둘 필요가 있었어요. 말이 정리이지, 보다시피 난리도 아니죠. 그렇지만 우리의 인생에서 중요했던 순간이, 아니 꼭 중요하지 않은 순간까지도 이

곳에 모두 모여 있어요. 도서관에 가면 연대별로 책이 분리되어 있잖아요. 물론 그렇게 체계적으로 정리되어 있는 것은 아니지만 언제든지 손을 뻗으면 그때 그 시절로 돌아가게 해 주는 것들이 곳곳에 놓여 있죠. 거기 아마 내가 펑크족이었던 시절의 사진도 있을 거예요. 20년 전에 머리를 백발에 가깝게 탈색했는데, 인상이 정말 죽여줬죠. 지금 학부모님들이 보신다면 깜짝 놀랄걸요? 그런 유의 것들이 여기 있어요. 카트린과 저는 항상 말해요. 언젠가 우리가 기억을 잃으면 이곳이 우리의 기억을 대신해 줄 것이라고.

– 요즘은 버리는 게 유행이에요. 미니멀리즘이 대세이죠. 집에 물건 500개만 놓기, 이런 도전들을 하는 사람들도 있어요. 혹시 들어 본 적이 있나요?

– 네. 알아요. 꼭 필요한 것만 가지고 심플하게 사는 것이 유행이라고 하더라고요. 그렇게 살 수 있다면 정말 좋은 거죠. 그런데 저는 그게 되지 않더라고요. 심플하게, 라는 말이 제일 어려워요. 삶이라는 게 수만 개의 경험과 기억의 층으로 이뤄진 것인데, 시간이 지나면서 점점 더 쌓이면 쌓였지 깎이지 않는 것인데 어떻게 그게 가능한지 모르겠어요. 저는 매우 복잡한 사람이에요. 물건 하나에 시간과 마

음이 모두 담겨 있죠. 그걸 보는 마음도 복잡하고, 아무튼 절대 심플하지 않아요. 아마 모조리 버린다고 해도 여전히 복잡한 사람으로 살 걸요.

– 솔직히 저희는 정말 잘 버리는 편이거든요. 버려야 새로 채워진다고 생각하면서 거침없이 버리는 편이죠. 이사를 많이 다니기도 했고……

– 정말요? 나한테 버려요. 이 기억의 방에 보관해 줄게요. 정말이에요. 타인의 기억도 보관해 줄 수 있어요. 궁금한 게 있는데, 후회하지 않았어요?

– 아니요. 뭘 버렸는지도 잘 모르겠던데……

– 신기하네요. 저는 이렇게 복잡한 방에 무엇이 있는지 모두 알고 있어요. 내게 쓸모 있는 물건이란 내 시간이 담겨 있는 모든 것들이죠. 예를 들어 여기 이 책은(그는 아주 낡고 오래된 동화책을 꺼냈다) 제가 어렸을 때 읽었던 책인데, 몇 년 전에 로즈가 태어나서 로즈에게 다시 읽어 줄 수 있게 됐죠. 누군가에게는 낡고 더러운 책일지 모르겠지만 이제 이 책에는 내 어린 시절과 내 딸의 어린 시절이 함께 담겨 있는 거예요. 모르겠어요…… 물건에 집착하는 것처

럼 보일 수도 있겠지만, 저는 버리는 게 싫어요. 멀쩡한 것들이 자꾸 쓰레기가 되는 것 같아서……

– 맞아요. 버려야 되겠다, 마음먹은 순간부터 모두 쓰레기가 돼요. 이사를 갈 때마다 쓰레기가 한 트럭은 나오죠. 그러면 또 후회해요. 나는 왜 이렇게 쌓아 두고 살까 하면서. 악순환 같아요. 그래도 물건이라는 게 저장의 한계가 있지 않나요?

– 보관하지 못하는 물건들은 모두 나눠줘요. 물물교환을 하거나. 나한테는 정말 고물인데 누군가에게는 절실히 필요한 경우가 의외로 많아요. 그건 버리는 것과는 다르죠. 나의 시간이 다른 이의 시간이 되는 거니까. 나의 추억이 다른 누군가의 추억이 되는 것이고요. 이렇게 쌓아 둔 것들이 정신없어 보일지도 모르겠네요. 그런데 카트린과 나는 대충 무엇이 어디에 있는지 알아요. 또 모르는 것이 있다고 해도 그건 머릿속에 있는 추억과 같은 거죠. 어느 날 '어, 그런 게 거기 있었어?' 하고 나오기도 하거든요.

– 그럼 이 방에 있는 물건들 중에서 가장 애착이 가는 것은 뭐가 있을까요?

- 그건 날마다 달라요. 어느 날은 일기장이 소중했다가 어느 날은 아내의 어릴 적 사진이 소중했다가. 이곳은 살아 있는 '뇌' 같은 곳이에요. 생명력이 있는 공간이란 뜻이죠. 사람이 매일 거울을 보며 조금씩 다른 얼굴을 마주하는 것처럼 저도 그렇게 이 방을 마주해요.

- 그렇다면 질문을 바꿀게요. 오늘 이 방에서 가장 소중한 것은 무엇인가요?

- 음…… 할아버지의 안경이요. 할아버지 이야기를 해서 그런 게 아닐까 싶네요. 저기 어디인가에 있을 거예요. 찾지 않아도 저기 어디에 있다는 것만으로도 마음에 위안이 되거든요.

- 비물질적인 것을 믿는 마음과 비슷하네요. 눈에 보이지 않아도 있다는 것만으로도 위안이 되는 것이요.

- 맞아요. 안경을 내 눈앞에 당장 가져올 수는 없지만 그것이 있다는 것만큼은 확실히 알고 있으니까 보지 않아도 상관없는 거죠. 그러니까 그런 마음으로 기적 같은 것을 믿어요. 당장 가져올 수 없다고 해도 어디 즈음에 있다는 확신으로.

– 그런 확신을 가질 수 있다면 마음이 조금 든든할 것 같아요. 역시 할아버지의 영향일까요?

– 아마도 그렇겠죠. 마법사 할아버지를 뒀으니…… 로즈에게 할아버지 이야기를 가끔 들려줘요. 로즈도 할아버지를 '마법사 할아버지'라고 부르죠. 물론 말을 듣지 않을 때는 할아버지가 마법사라는 게 협박의 요소가 되기도 하지만…… 그래도 요즘 로즈에게 장래 희망을 물으면 '마법사'라고 대답해요. 몇 년 전만 해도 '눈의 여왕'이었는데 마법사로 바뀌었죠. 혹시 모르죠. 내 딸에게도 그런 능력이 있을지. 정말 있었으면 좋겠는데…… 저는 로즈가 마법 같은 것을 오래오래 믿었으면 좋겠어요. 그런 걸 믿고 살면 조금 더 재미있지 않을까요? 초등학교 교사 일을 하다 보니, 아이들이 눈에 보이지 않는 것을 더는 믿지 않는 게 안쓰럽더라고요.

– 딸이 마법사가 되기를 기대하는 아버지라니…… 음, 아버지의 아픈 관절도 치료해 줄 수 있겠네요.

– 바로 그거죠. 병원에 안 가도 되고 얼마나 좋아요. 농담이고요, 다른 사람이 아픈 것을 볼 수 있는 사람이 되면

좋겠다는 뜻이에요. 요즘에 그런 걸 보려면 정말 마법의 안경 같은 게 필요한지도 모르겠네요. 타인의 아픔을 볼 새가 없으니…… 미안해요. 어린아이들만 상대하다 보니까 자꾸 사람이 유치해져요.

- 교사 일은 어때요? 적성에 잘 맞으신 것 같아요?

- 처음부터 교사가 되려고 했던 것은 아니에요. 저에게 직업이란 사명은 아니거든요. 내 생활을 윤택하게 해주는 수단이죠. 교사라는 직업은 안정감이 좋았어요. 방학이 있는 것도 좋았고요. 여행 다니는 것을 좋아해서…… 제가 근무하는 곳은 저소득층, 이민자들, 난민들이 밀집된 지역에 있는 학교예요. 다문화가정이 많다 보니 여러 문제를 마주하는 게 현실이죠. 예를 들어 '라마단' 같은 전통이요. 프랑스 학교는 어느 종교에도 속해 있지 않아요. '무교'가 원칙이죠. 그런데 라마단 기간 동안 무슬림 가정의 학생이 금식을 하는 것을 가만히 지켜만 봐야 하잖아요. 프랑스 교육의 기준에서 보면 그것은 명백한 아동학대이거든요. 아이에게 먹을 것을 주지 않는다는 게 말이 되나요? 물론 그들의 전통을 존중하지만, 어린아이에게 금식을 시키는 것을 학교의 선생으로서 그대로 두고 봐야 하는 것인지, 저는 그게

여전히 헷갈려요. 특히 특정 종교를 가진 아이들은 종교의 자유가 있는 프랑스 학교와 종교의 자유가 없는 가정 사이에서 갈등하게 되죠. 프랑스 학교에서 가르치는 것들은 때때로 그들의 전통과 종교에 반하는 것들이 많아요. 어쩌면 갈등은 거기서부터 시작되는 것인지도 몰라요. 라마단뿐만이 아니에요. 돼지고기를 먹지 않는 것, 어머니들이 부르카를 쓰고 아이를 데리러 학교에 오는 것도 그렇고……

– 부르카는 왜요? 그게 뭐가 문제죠?

– 부르카가 뭔지 알죠? 이슬람 여성들이 쓰는 눈만 커다란 베일이요. 눈도 제대로 안 보일 때도 있죠. 프랑스 학교에서는 보호자 없이 아이들을 혼자 집에 보낼 수 없어요. 그래서 보호자가 데리러 와야 하는데, 얼굴도 몸도 완전히 가린 사람이 누구인지 알고 아이를 함부로 데려가게 하죠? 신원 확인도 할 수 없고, 심지어 그분들은 남자 교사와 말도 잘 섞지 않으려고 하시는데…… 솔직히 말하자면 여자아이들이 너무 일찍 히잡을 쓰는 것도 마음에 걸려요. 남편이 아닌 사람에게 머리카락을 내보일 수 없다는 거잖아요. 모르겠어요. 다시 말하지만 학교에는 종교가 없어요. 모든 남자, 여자아이들은 평등하고, 누구도 누구에게 속하지 않

아요. 우리는 여자아이들에게 너의 몸과 정신은 너의 것이라고 가르치죠. 그것이 어떤 면에서 그들의 전통에 반하는 것이기도 하고요. 저는 지금 일어나는 모든 이민자 문제가 서로 다른 가치의 충돌에 대해 충분한 대화가 이뤄지지 않았기 때문에 나타난 것이라고 생각해요. 아이들은 그 사이에서 얼마나 헷갈릴까요? 그렇게 자란 아이들은 여기도 저기도 섞이지 못하고 결국 어디에서도 환영을 받지 못하는 존재가 되어 버리죠. 지금 이 세대가 자라서 겪게 되는 정신적 혼란과 갈등을 생각해보면 무섭지 않나요?

– 프랑스의 이민 정책의 문제점에 대해서 말씀하시는 건가요?

– 이민뿐만이 아니에요. 난민들은요? 교사들이 책임져야 하는 아이들은 점점 많아지는데 어떻게 아이들 각자의 특수성을 생각할 수 있겠어요? 난민 가정 출신의 아이들은 기본적으로 커다란 트라우마를 가지고 있어요. 그 아이들이 보고 듣고 경험한 것들을 상상해 보세요. 아니, 우리는 상상할 수도 없죠. 그러나 저는 교사로서 현실적으로 그 아이들을 일일이 상담해 주고 돌봐 줄 수 없어요. 언어조차 통하지 않고요. 그러니 일단 분리를 하죠. 그렇게 해야

효율적이니까. 내면이 치유되지 않은 상태에서 아이들은 엄청난 차별을 느끼며 성장할 거예요. 한 달에 난민에 대한 찬반기사가 몇 개씩 나오는지 알아요? 수도 없어요. 이미 들어와 있는 아이들을 생각해 보자고요. 그 아이들에게는 '난민 YES OR NO' 같은 기사 타이틀 자체가 상처일 거예요. 상처에 상처를 더하며 자라는 아이들의 운명은 어떻게 될까요? 프랑스의 이민 정책은 이미 실패했어요. 저는 이제 YES OR NO를 따져야 할 때가 아닌 것 같아요. 이제는 점점 더 많아질 이민자, 난민들을 어떻게 수용할 것인가를, 그 대책을 진지하게 마련해야 한다고 봐요. 지금은 전쟁을 피해 국경을 넘는 난민들이 전부지만, 이제 곧 기후 난민들도 생겨날 거예요. 어떤 나라도 수십만 명의 사람들이 죽는 것을 그냥 두고 볼 수는 없을 것이고요. 그건 휴머니즘에 반하는 일이니까. 제대로 된 대책이 필요해요. 특히 교육에 있어서는 정말 절실하죠.

– 갑자기 이런 생각이 들어요. 문화가 다른 모든 아이들에게 학교가 지금 이런 기억의 방 같은 것이 되어 주면 좋을 것 같은데……

– 맞아요. 추억이라는 매개가 있으면 연결되어 있는 느

낌을 가질 수 있죠. 이민 가정, 난민 가정, 저소득층 가정의 아이들의 문제는 대부분 연결되어 있지 못한 느낌, 즉 고립에서 와요. 카트린과 제가 각자 다른 추억이 있지만 두 사람의 기억을 한 공간에 함께 쌓아 두며 나누는 것처럼, 각자 다른 문화를 가진 아이들이 한 공간에 그들의 것들을 함께 쌓을 수 있게 해야 해요. 그리고 학교가 그 공간이 되어줘야 하고요. 요즘은 너무 모든 것을 빨리 해치워 버리려고 하는 것 같아요. 쓸모를 묻고 쓸모가 없으면 버리고 정리하고. 지금 당장의 쓸모에 따라 가치가 결정되다 보니 무엇인가가 쌓일 틈이 없네요. 사실 아이들에게 그런 식의 계산법으로 가르치고 있는지도 몰라요. 쓸모 있는 아이들은 잘 추려서 공부를 시키고, 따라오지 못하는 아이들은 '쓸모없음'이 되어서 버려지고. 그렇지만 이 방에 있는 것 중 아무것이나 집어서 내게 물어보세요. 나는 이 모든 것들의 '쓸모있음'을 말할 수 있어요.

– 그건 정말 마법사 같아요. 당신을 거치면 모두 '쓸모있음'으로 변하는 거잖아요.

– 그런가요? 나도 할아버지처럼 마법사로 늙어갈 수 있을까요?

할아버지는 정말로 그 일을 좋아하셨어요. 사람들의 고통을 덜어줄 수 있다는 게, 누군가를 돕는다는 게 좋다고 말씀하셨어요. 지금도 기억나요. 아픈 사람이 오면 뭐라고 중얼중얼거리면서 환부 근처에 가만히 손을 대고 있으셨죠. 정말 심각해 보이는 얼굴을 하고…… 주문을 외우는 거냐고 물으면 기도라고 말씀하셨죠. 할아버지는 자신이 매개물이라고 하셨어요. 매개가 되어 상대의 고통을 흡수해서 덜어내는 것이라고. 그때는 그게 무슨 소리인지 몰랐지만, 확실한 것은 할아버지가 누군가를 위해 중얼중얼 기도 같은 것을 하셨다는 거예요. 누구에게 기도하는 거냐고 물었을 때는 가르쳐 주지 않으셨지만 그게 중요한 것은 아니죠. 알아요. 믿을 수 없는 이야기란 것을. 그렇지만 저는 그게 가능하다고 생각해요. 내가 아플 때 누군가 내게 '당신의 고통을 내가 조금 가져갈게요'라고 말한다면 그 말 한마디에 한결 가벼워지는 느낌이 들 것 같아요. 그러니까 할아버지의 마법은 치료가 아니라 공감이 아니었을까요? 누군가의 아픔에 공감하는 것이요.

누군가가 내 아픔에 공감해주면 조금 나아지지 않나요? 아니, 진짜 마법이었을 지도 모르죠. 그것도 모르는 일이에요. 말했지만 나는 보이지 않는 것의 힘을 믿으니까.

– 음, 그렇게 말씀하시니까 로즈가 정말 마법사가 됐으면 좋겠네요.

– 그렇죠? 역시 그만한 일이 없는 것 같아요.

– 인터뷰를 마치기 전에 마지막으로 하고 싶은 말이 있나요?

– '기억의 방'에 오늘을 보관해 둘게요. 나는 잊지 않고 간직하고 있을 거예요.

Épilogue

거기, 분명하게 있는 마음

어제는 눈이 내렸다. 찰나였다. 사람들은 그것을 눈이라 하지 않겠지만, 나는 눈이 오는 것을 분명히 보았다. 길가에 서서 한 계절이 가고 또 다른 계절이 도래하고 있음을 예감했다. 이곳에서 보내는 마지막 시간이 다가오고 있다.

프랑스를 떠난다. 17년 만에 돌아가는 것인가? 지금의 나는 어느 쪽에 고개를 두고 말해야 할지 잘 모르겠다. 이편에서 보면 이별이고, 저편에서 보면 재회의 시간을 어떤 얼굴로 맞이해야 할까? 마냥 서운할 수도, 속없이 기쁠 수도 없는 마음에 묵묵히 거리를 걷는다. 찰나의 것들을 나 혼자만 알아채면서……

나만이 보았고, 나만이 알고 있었던 것들을 글로 옮기는 일에는 용기가 필요했다. 누군가의 소중한 어떤 것이 나의 부족함으로 '없음'이 되어 버릴까 두려워 오래 망설였다. 아무래도 늘 그렇듯 나의 '없음'이 문제다. 그러나 나의

'없음'을 핑계로 '있음'을 외면하기에, 찰나에 목격한 모든 것들은 너무도 선명했다. 나는 분명히 보았다. 그들이 가진 반짝이는 어떤 것, 그러니까 삶을 향한 마음들을.

나의 '없음'은 어쩔 수 없으나 마음만은 믿을 수 있다. 언어와 문화가 달라도, 모습이 달라도 마음은 알아볼 수 있다는 것을 지난 17년 동안 무수히 경험했다. 그러니 내가 할 수 있는 최선 역시 마음을 담는 것이 아닐까. 글자 하나하나에, '없음'을 넘어선 나의 마음을 담아보았다.

그들의 이야기에 조금 더 아름다운, 멋진 글을 덧붙이고 싶었으나 잘 되지 않았다. 나의 마음은 나를 닮았나 보다. 그러나 이 주름진 마음들이 부끄럽지는 않다. 마음이 마음을 만들기까지 시간을 접고 접어 생긴 주름이라고 하자. 울퉁불퉁하나 그것이 내가 전하는 솔직한 나의 마음이다.

그들의 이야기를 옮기며, 그들을 이야기하며 새삼 깨달은 마음 하나를 이곳에 적어 본다.

그러니까 '사랑'이라고 부르는 것들.

나의 '없음'으로 쉽게 '있음'을 외면해 온 내게 '있음'을 마주하는 법을 가르쳐 준 이들을 아주 많이 사랑하고 있다. 이제 고마워하고 그리워하면 되니 참 쉬운 사랑이 아닌가! 이렇게 말해 버리고 나니 그들을 향해 쓴 긴 글들이 새삼 쑥스러워진다. 결국 이토록 쉬운 이야기였는데…… 그러나 말했듯이 나의 마음은 시간을 접는 일에서부터 시작된다. 우리가 서로를 생각하는 시간들이, 한 글자 한 글자 옮겨졌던 말들이 비로소 이야기가 되고, 이름이 있는 마음이 된 것이리라. 그러니 부디 우리 주름을 부끄러워 말자.

바람이 있다면 함께 나누고 싶다.

차곡차곡 접은 이 시간들을, '사랑'이라 부르는 마음을.

이들을 통해 내가 '있음'을 말할 용기를 배웠던 것처럼, 당신도 더 많은 '있음'을 이야기할 수 있으면 좋겠다. 기쁜 날도, 슬픈 날도, 희망의 날도, 절망의 날도, 무엇이든 좋으니 '있음'을 말하자. 거기 분명 반짝이는 것 하나는 있을 것이라고, 찰나에 지나가도 누군가 반드시 알아볼 것이라고.

지금 나는 또 한 겹의 시간을 접고 있다. 내가 준비하고 있는 것을 사람들은 이별이라 말하겠지만, 나는 그것 역시 사랑을 위해 접는 시간임을 분명히 알고 있다. 사랑이라니, 너무 쉬운 글을 써서 미안하지만, 고맙고 그립기만 한 이 마음을 달리 부를 방법이 없다.

사랑이라 부를 수밖에……

이 책을 함께 만들어 준 나의 사랑하는 이들에게 고맙고 그립기만 한 마음을 전한다.

파리에서, 신유진

우리가 사랑한 얼굴들

발행일	2019년 12월 16일 1판 1쇄
엮은이	신유진 & MARTIN MALLET
사진	신유진 & MARTIN MALLET
그림	신승엽
편집 디자인	신승엽
발행인	신승엽
발행처	**1984BOOKS**
주소	경기도 파주시 야당동 1046번지 월드스테이 909호
전화	010-3099-5973
팩스	0303-3447-5973
이메일	1984books.on@gmail.com
블로그	blog.naver.com/1984books
SNS	instagram @livingin1984
	www.facebook.com/1984books
ISBN	979-11-966324-6-5 03860